145/169

MARIO BENEDETTI

La sirena viuda

punto de lectura

Título: La sirena viuda
© 1999, Mario Benedetti
© Santillana Ediciones Generales, S.L.
© De esta edición: junio 2000, Suma de Letras, S.L.
Barquillo, 21. 28004 Madrid (España)   www.puntodelectura.com

ISBN: 84-95501-58-9
Depósito legal: M-39.839-2002
Impreso en España – Printed in Spain

Portada: BRUMA
Diseño de colección: Ignacio Ballesteros

Impreso por Mateu Cromo, S.A.

Segunda edición: septiembre 2000
Tercera edición: noviembre 2000
Cuarta edición: septiembre 2002

MARIO BENEDETTI

La sirena viuda

Índice

de MONTEVIDEANOS
(1962)

El presupuesto

En nuestra oficina regía el mismo presupuesto desde el año mil novecientos veintitantos, o sea desde una época en que la mayoría de nosotros estábamos luchando con la geografía y con los quebrados. Sin embargo, el Jefe se acordaba del acontecimiento y a veces, cuando el trabajo disminuía, se sentaba familiarmente sobre uno de nuestros escritorios, y así, con las piernas colgantes que mostraban después del pantalón unos inmaculados calcetines blancos, nos relataba con su vieja emoción y las quinientas noventa y ocho palabras de costumbre, el lejano y magnífico día en que su Jefe —él era entonces Oficial Primero— le había palmeado el hombro y le había dicho: "Muchacho, tenemos presupuesto nuevo", con la sonrisa amplia y satisfecha del que ya ha calculado cuántas camisas podrá comprar con el aumento.

Un nuevo presupuesto es la ambición máxima de una oficina pública. Nosotros sabíamos que otras dependencias de personal más numeroso que la nuestra, habían obtenido presupuesto cada dos o tres años. Y las mirábamos desde nuestra pequeña isla administrativa con la misma desesperada resignación con que Robinson veía desfilar los barcos por el horizonte, sabiendo que era tan inútil hacer señales como sentir envidia. Nuestra envidia o nuestras señales hubieran servido de poco, pues ni en los mejores tiempos pasamos de nueve empleados, y era lógico que nadie se preocupara de una oficina así de reducida.

Como sabíamos que nada ni nadie en el mundo mejoraría nuestros gajes, limitábamos nuestra esperanza a una progresiva reducción de las salidas, y, en base a un cooperativismo harto elemental, lo habíamos logrado en buena parte. Yo, por ejemplo, pagaba la yerba; el Auxiliar Primero, el té de la tarde; el Auxiliar Segundo, el azúcar; las tostadas el Oficial Primero, y el Oficial Segundo la manteca. Las dos dactilógrafas y el portero estaban exonerados, pero el Jefe, como ganaba un poco más, pagaba el diario que leíamos todos.

Nuestras diversiones particulares se habían también achicado al mínimo. Íbamos al cine una vez por mes, teniendo buen cuidado de ver todos diferentes películas, de modo que, relatándolas luego en la Oficina, estuviéramos al tanto de lo que se estrenaba. Habíamos fomentado el culto de juegos de atención tales como las damas y el ajedrez, que costaban poco y mantenían el tiempo sin bostezos. Jugábamos de cinco a seis, cuando ya era imposible que llegaran nuevos expedientes, ya que el letrero de la ventanilla advertía que después de las cinco no se recibían "asuntos". Tantas veces lo habíamos leído que al final no sabíamos quién lo había inventado, ni siquiera qué concepto respondía exactamente a la palabra "asunto". A veces alguien venía y preguntaba el número de su "asunto". Nosotros le dábamos el del expediente y el hombre se iba satisfecho. De modo que un "asunto" podía ser, por ejemplo, un expediente.

En realidad, la vida que pasábamos allí no era mala. De vez en cuando el Jefe se creía en la obligación de mostrarnos las ventajas de la administración pública sobre el comercio, y algunos de nosotros pensábamos que ya era un poco tarde para que opinara diferente.

Uno de sus argumentos era la Seguridad. La seguridad de que no nos dejarían cesantes. Para que ello pudiera acontecer, era preciso que se reuniesen los senadores, y nosotros sabíamos que los senadores apenas si se reunían cuando tenían que interpelar a un Ministro. De modo que por ese lado el Jefe tenía razón. La Seguridad existía. Claro que también existía la otra seguridad, la de que nunca tendríamos un aumento que nos permitiera comprar un sobretodo al contado. Pero el Jefe, que tampoco podía comprarlo, consideraba que no era ése el momento de ponerse a criticar su empleo ni tampoco el nuestro. Y —como siempre— tenía razón.

Esa paz ya resuelta y casi definitiva que pesaba en nuestra Oficina, dejándonos conformes con nuestro pequeño destino y un poco torpes debido a nuestra falta de insomnios, se vio un día alterada por la noticia que trajo el Oficial Segundo. Era sobrino de un Oficial Primero del Ministerio y resulta que ese tío —dicho sea sin desprecio y con propiedad— había sabido que allí se hablaba de un presupuesto nuevo para nuestra Oficina. Como en el primer momento no supimos quién o quiénes eran los que hablaban de nuestro presupuesto, sonreímos con la ironía de lujo que reservábamos para algunas ocasiones, como si el Oficial Segundo estuviera un poco loco o como si nosotros pensáramos que él nos tomaba por un poco tontos. Pero cuando nos agregó que, según el tío, el que había hablado de ello había sido el mismo secretario o sea el alma parens del Ministerio, sentimos de pronto que en nuestras vidas de setenta pesos algo estaba cambiando, como si una mano invisible hubiera apretado al fin aquella de nuestras tuercas que se hallaba floja, como si nos hubiesen sacudido a bofetadas toda la conformidad y toda la resignación.

En mi caso particular, lo primero que se me ocurrió pensar y decir, fue "lapicera fuente". Hasta ese momento yo no había sabido que quería comprar una lapicera fuente, pero cuando el Oficial Segundo abrió con su noticia ese enorme futuro que apareja toda posibilidad, por mínima que sea, en seguida extraje de no sé qué sótano de mis deseos una lapicera de color negro con capuchón de plata y con mi nombre inscripto. Sabe Dios en qué tiempos se había enraizado en mí.

14

Vi y oí además cómo el Auxiliar Primero hablaba de una bicicleta y el Jefe contemplaba distraídamente el taco desviado de sus zapatos y una de las dactilógrafas despreciaba cariñosamente su cartera del último lustro. Vi y oí además cómo todos nos pusimos de inmediato a intercambiar nuestros proyectos, sin importarnos realmente nada lo que el otro decía, pero necesitando hallar un escape a tanta contenida e ignorada ilusión. Vi y oí además cómo todos decidimos festejar la buena nueva financiando con el rubro de reservas una excepcional tarde de bizcochos.

Eso —los bizcochos— fue el paso primero. Luego siguió el par de zapatos que se compró el Jefe. A los zapatos del Jefe, mi lapicera adquirida a pagar en diez cuotas. Y a mi lapicera, el sobretodo del Oficial Segundo, la cartera de la Primera Dactilógrafa, la bicicleta del Auxiliar Primero. Al mes y medio todos estábamos empeñados y en angustia.

El Oficial Segundo había traído más noticias. Primeramente, que el presupuesto estaba a informe de la Secretaría del Ministerio. Después que no. No era en Secretaría. Era en Contaduría. Pero el Jefe de Contaduría estaba enfermo y era preciso conocer su opinión. Todos nos preocupábamos por la salud de ese Jefe del que sólo sabíamos que se llamaba Eugenio y que tenía a estudio nuestro presupuesto. Hubiéramos querido obtener hasta un boletín diario de su salud. Pero sólo teníamos derecho a las noticias desalentadoras del tío de nuestro Oficial Segundo. El Jefe de Contaduría seguía peor. Vivimos una tristeza tan larga por la enfermedad de ese funcionario, que el día de su muerte sentimos, como los deudos de un asmático grave, una especie de alivio al no tener que preocuparnos más de él. En realidad, nos pusimos egoístamente alegres, porque esto significaba la posibilidad de que llenaran la vacante y nombraran otro jefe que estudiara al fin nuestro presupuesto.

A los cuatro meses de la muerte de don Eugenio nombraron otro jefe de Contaduría. Esa tarde suspendimos la partida de ajedrez, el mate y el trámite administrativo. El Jefe se puso a tararear un aria de Aida y nosotros nos quedamos —por esto y por todo— tan nerviosos, que tuvimos que salir un rato a mirar las vidrieras. A la vuelta nos esperaba una emoción. El tío había informado que nuestro presupuesto no había estado nunca a estudio de la Contaduría. Había sido un error. En realidad, no había salido de la Secretaría. Esto significaba un considerable oscurecimiento de nuestro panorama. Si el presupuesto a estudio hubiera estado en Contaduría, no nos habríamos alarmado. Después de todo, nosotros sabíamos que hasta el momento no se había estudiado debido a la enfermedad del Jefe. Pero si había estado realmente en Secretaría, en la que el Secretario —su jefe supremo— gozaba de perfecta salud, la demora no se debía a nada y podía convertirse en demora sin fin.

Allí comenzó la etapa crítica del desaliento. A primera hora nos mirábamos todos con la interrogante desesperanzada de costumbre. Al principio todavía preguntábamos "¿Saben algo?" Luego optamos por decir "¿Y?" y terminamos finalmente por hacer la pregunta con las cejas. Nadie sabía nada. Cuando alguien sabía algo, era que el presupuesto todavía estaba a estudio de la Secretaría.

A los ocho meses de la noticia primera, hacía ya dos que mi lapicera no funcionaba. El Auxiliar Primero se había roto una costilla gracias a la bicicleta. Un judío era el actual propietario de los libros que había comprado el Auxiliar Segundo; el reloj del Oficial Primero atrasaba un cuarto de hora por jornada; los zapatos del Jefe tenían dos medias suelas (una cosida y otra clavada), y el sobretodo del Oficial Segundo tenía las solapas gastadas y erectas como dos alitas de equivocación.

Una vez supimos que el Ministro había preguntado por el presupuesto. A la semana, informó Secretaría. Nosotros queríamos saber qué decía el informe, pero el tío no pudo averiguarlo porque era "estrictamente confidencial". Pensamos que eso era sencillamente una estupidez, porque nosotros, a todos aquellos expedientes que traían una tarjeta en el ángulo superior con leyendas tales como "muy urgente", "trámite preferencial" o "estrictamente reservado", los tratábamos en igualdad de condiciones que a los otros. Pero por lo visto en el Ministerio no eran del mismo parecer.

Otra vez supimos que el Ministro había hablado del presupuesto con el Secretario. Como a las conversaciones no se les ponía ninguna tarjeta especial, el tío pudo enterarse y enterarnos de que el Ministro estaba de acuerdo. ¿Con qué y con quién estaba de acuerdo? Cuando el tío quiso averiguar esto último, el Ministro ya no estaba de acuerdo. Entonces, sin otra explicación comprendimos que antes había estado de acuerdo con nosotros.

Otra vez supimos que el presupuesto había sido reformado. Lo iban a tratar en la sesión del próximo viernes, pero a los catorce viernes que siguieron a ese próximo, el presupuesto no había sido tratado. Entonces empezamos a vigilar las fechas de las próximas sesiones y cada sábado nos decíamos: "Bueno ahora será hasta el viernes. Veremos qué pasa entonces." Llegaba el viernes y no pasaba nada. Y el sábado nos decíamos: "Bueno, será hasta el viernes. Veremos qué pasa entonces." Y no pasaba nada. Y no pasaba nunca nada de nada.

Yo estaba ya demasiado empeñado para permanecer impasible, porque la lapicera me había estropeado el ritmo económico y desde entonces yo no había podido recuperar mi equilibrio. Por eso fue que se me ocurrió que podíamos visitar al Ministro.

Durante varias tardes estuvimos ensayando la entrevista. El Oficial Primero hacía de Ministro, y el Jefe, que había sido designado por aclamación para hablar en nombre de todos, le presentaba nuestro reclamo. Cuando estuvimos conformes con el ensayo, pedimos audiencia en el Ministerio y nos la concedieron para el jueves. El jueves dejamos pues en la Oficina a una de las dactilógrafas y al portero, y los demás nos fuimos a conversar con el Ministro. Conversar con el Ministro no es lo mismo que conversar con otra persona. Para conversar con el Ministro hay que esperar dos horas y media y a veces ocurre, como nos pasó precisamente a nosotros, que ni al cabo de esas dos horas y media se puede conversar con el Ministro. Sólo llegamos a presencia del Secretario, quien tomó nota de las palabras del Jefe —muy inferiores al peor de los ensayos, en los que nadie tartamudeaba— y volvió con la respuesta del Ministro de que se trataría nuestro presupuesto en la sesión del día siguiente.

Cuando —relativamente satisfechos— salíamos del Ministerio, vimos que un auto se detenía en la puerta y que de él bajaba el Ministro.

Nos pareció un poco extraño que el Secretario nos hubiera traído la respuesta personal del Ministro sin que éste estuviese presente. Pero en realidad nos convenía más confiar un poco y todos asentimos con satisfacción y desahogo cuando el Jefe opinó que el Secretario seguramente habría consultado al Ministro por teléfono.

Al otro día, a las cinco de la tarde estábamos bastante nerviosos. Las cinco de la tarde era la hora que nos habían dado para preguntar. Habíamos trabajado muy poco; estábamos demasiado inquietos como para que las cosas nos salieran bien. Nadie decía nada. El Jefe ni siquiera tarareaba su aria. Dejamos pasar seis minutos de estricta prudencia. Luego el Jefe discó el número que todos sabíamos de memoria, y pidió con el Secretario. La conversación duró muy poco. Entre los varios "Sí", "Ah, sí", "Ah, bueno" del Jefe, se escuchaba el ronquido indistinto del otro. Cuando el Jefe colgó el tubo, todos sabíamos la respuesta. Sólo para confirmarla pusimos atención: "Parece que hoy no tuvieron tiempo. Pero dice el Ministro que el presupuesto será tratado sin falta en la sesión del próximo viernes."

Sábado de Gloria

Desde antes de despertarme, oí caer la lluvia. Primero pensé que serían las seis y cuarto de la mañana y debía ir a la oficina pero había dejado en casa de mi madre los zapatos de goma y tendría que meter papel de diario en los otros zapatos, los comunes, porque me pone fuera de mí sentir cómo la humedad me va enfriando los pies y los tobillos. Después creí que era domingo y me podía quedar un rato bajo las frazadas. Eso —la certeza del feriado— me proporciona siempre un placer infantil. Saber que puedo disponer del tiempo como si fuera libre, como si no tuviera que correr dos cuadras, cuatro de cada seis mañanas, para ganarle al reloj en que debo registrar mi llegada. Saber que puedo ponerme grave y pensar en temas importantes como la vida, la muerte, el fútbol y la guerra. Durante la semana no tengo tiempo. Cuando llego a la oficina me esperan cincuenta o sesenta asuntos a los que debo convertir en asientos contables, estamparles el sello de contabilizado en fecha y poner mis iniciales con tinta verde. A las doce tengo liquidados aproximadamente la mitad y corro cuatro cuadras para poder introducirme en la plataforma del ómnibus. Si no corro esas cuadras vengo colgado y me da náusea pasar tan cerca de los tranvías. En realidad no es náusea sino miedo, un miedo horroroso.

Eso no significa que piense en la muerte sino que me da asco imaginarme con la cabeza rota o despanzurrado en medio de doscientos preocupados curiosos que se empinarán para verme y contarlo todo, al día siguiente, mientras saborean el postre en el almuerzo familiar. Un almuerzo familiar semejante al que liquido en veinticinco minutos, completamente solo, porque Gloria se va media hora antes a la tienda y me deja todo listo en cuatro viandas sobre el primus a fuego lento, de manera que no tengo más que lavarme las manos y tragar la sopa, la milanesa, la tortilla y la compota, echarle un vistazo al diario y lanzarme otra vez a la caza del ómnibus. Cuando llego a las dos, escrituro las veinte o treinta operaciones que quedaron pendientes y a eso de las cinco acudo con mi libreta al timbrazo puntual del vicepresidente que me dicta las cinco o seis cartas de rigor que debo entregar, antes de las siete, traducidas al inglés o al alemán.

Dos veces a la semana, Gloria me espera a la salida para divertirnos y nos metemos en un cine donde ella llora copiosamente y yo estrujo el sombrero o mastico el programa. Los otros días ella va a ver a su madre y yo atiendo la contabilidad de dos panaderías, cuyos propietarios —dos gallegos y un mallorquín— ganan lo suficiente fabricando bizcochos con huevos podridos, pero más aún regentando las amuebladas más concurridas de la zona sur. De modo que cuando regreso a casa, ella está durmiendo o —cuando volvemos juntos— cenamos y nos acostamos en seguida, cansados como animales. Muy pocas noches nos queda cuerda para el consumo conyugal, y así, sin leer un solo libro, sin comentar siquiera las discusiones entre mis compañeros o las brutalidades de su jefe, que se llama a sí mismo un pan de Dios y al que ellos denominan pan duro, sin decirnos a veces buenas noches, nos quedamos dormidos sin apagar la luz, porque ella quería leer el crimen y yo la página de deportes.

Los comentarios quedan para un sábado como éste (porque en realidad era un sábado, el final de una siesta de sábado). Yo me levanto a las tres y media y preparo el té con leche y lo traigo a la cama y ella se despierta entonces y pasa revista a la rutina semanal y pone al día mis calcetines antes de levantarse a las cinco menos cuarto para escuchar la hora del bolero. Sin embargo, este sábado no hubiera sido de comentarios, porque anoche después del cine me excedí en el elogio de Margaret Sullavan y ella sin titubear, se puso a pellizcarme y, como yo seguía inmutable, me agredió con algo tanto más temible y solapado como la descripción simpática de un compañero de la tienda, y es una trampa, claro, porque la actriz es una imagen y el tipo ése todo un baboso de carne y hueso. Por esa estupidez nos acostamos sin hablarnos y esperamos una media hora con la luz apagada, a ver si el otro iniciaba el trámite reconciliatorio. Yo no tenía

23

inconveniente en ser el primero, como en tantas otras veces, pero el sueño empezó antes de que terminara el simulacro de odio y la paz fue postergada para hoy, para el espacio blanco de esta siesta.

Por eso, cuando vi que llovía, pensé que era mejor, porque la inclemencia exterior reforzaría automáticamente nuestra intimidad y ninguno de los dos iba a ser tan idiota como para pasar de trompa y en silencio una tarde lluviosa de sábado que necesariamente deberíamos compartir en un departamento de dos habitaciones, donde la soledad virtualmente no existe y todo se reduce a vivir frente a frente. Ella se despertó con quejidos, pero yo no pensé nada malo. Siempre se queja al despertarse.

Pero cuando se despertó del todo e investigué en su rostro, la noté verdaderamente mal, con el sufrimiento patente en las ojeras. No me acordé entonces de que no nos hablábamos y le pregunté qué le pasaba. Le dolía en el costado. Le dolía muy fuerte y estaba asustada.

Le dije que iba a llamar a la doctora y ella dijo que sí, que la llamara en seguida. Trataba de sonreír pero tenía los ojos tan hundidos, que yo vacilaba entre quedarme con ella o ir a hablar por teléfono. Después pensé que si no iba se asustaría más y entonces bajé y llamé a la doctora.

El tipo que atendió dijo que no estaba en casa. No sé por qué se me ocurrió que mentía y le dije que no era cierto, porque yo la había visto entrar. Entonces me dijo que esperara un instante y al cabo de cinco minutos volvió al aparato e inventó que yo tenía suerte, porque en este momento había llegado. Le dije mire qué bien y le hice anotar la dirección y la urgencia.

Cuando regresé, Gloria estaba mareada y aquello le dolía mucho más. Yo no sabía qué hacer. Le puse una bolsa de agua caliente y después una bolsa de hielo. Nada la calmaba y le di una aspirina. A las seis la doctora no había llegado y yo estaba demasiado nervioso como para poder alentar a nadie. Le conté tres o cuatro anécdotas que querían ser alegres, pero cuando ella sonreía con una mueca me daba bastante rabia porque comprendía que no quería desanimarme. Tomé un vaso de leche y nada más, porque sentía una bola en el estómago. A las seis y media vino al fin la doctora. Es una vaca enorme, demasiado grande para nuestro departamento. Tuvo dos o tres risitas estimulantes y después se puso a apretarle la barriga. Le clavaba los dedos y luego soltaba de golpe. Gloria se mordía los labios y decía sí, que ahí le dolía, y allí un poco más, y allá más aún. Siempre le dolía más.

La vaca aquella seguía clavándole los dedos y soltando de golpe. Cuando se enderezó tenía ojos de susto ella también y pidió alcohol para desinfectarse. En el corredor me dijo que era peritonitis y que había que operar de inmediato. Le confesé que estábamos en una mutualista y ella me aseguró que iba a hablar con el cirujano.

Bajé con ella y telefoneé a la parada de taxis y a la madre. Subí por la escalera porque en el sexto piso habían dejado abierto el ascensor. Gloria estaba hecha un ovillo y, aunque tenía los ojos secos, yo sabía que lloraba. Hice que se pusiera mi sobretodo y mi bufanda y eso me trajo el recuerdo de un domingo en que se vistió de pantalones y campera, y nos reíamos de su trasero saliente, de sus caderas poco masculinas.

Pero ahora ella con mi ropa era sólo una parodia de esa tarde y había que irse enseguida y no pensar. Cuando salíamos llegó su madre y dijo pobrecita y abrigáte por Dios. Entonces ella pareció comprender que había que ser fuerte y se resignó a esa fortaleza. En el taxi hizo unas cuantas bromas sobre la licencia obligada que le darían en la tienda y que yo no iba a tener calcetines para el lunes y, como la madre era virtualmente un manantial, ella le dijo si se creía que esto era un episosio de radio. Yo sabía que cada vez le dolía más fuerte y ella sabía que yo sabía y se apretaba contra mí.

Cuando la bajamos en el sanatorio no tuvo más remedio que quejarse. La dejamos en una salita y al rato vino el cirujano. Era un tipo alto, de mirada distraída y bondadosa. Llevaba el guardapolvo desabrochado y bastante sucio. Ordenó que saliéramos y cerró la puerta. La madre se sentó en una silla baja y lloraba cada vez más. Yo me puse a mirar la calle; ahora no llovía. Ni siquiera tenía el consuelo de fumar. Ya en la época de liceo era el único entre treinta y ocho que no había probado nunca un cigarrillo. Fue en la época de liceo que conocí a Gloria y ella tenía trenzas negras y no podía pasar cosmografía. Había dos modos de trabar relación con ella. O enseñarle cosmografía o aprenderla juntos. Lo último era lo apropiado y, claro, ambos la aprendimos.

Entonces salió el médico y me preguntó si yo era el hermano o el marido. Yo dije que el marido y él tosió como un asmático. "No es peritonitis", dijo, "la doctora ésa es una burra". "Ah", "Es otra cosa. Mañana lo sabremos mejor". Mañana. Es decir que "lo sabremos mejor si pasa esta noche. Si la operábamos, se acaba. Es bastante grave pero si pasa de hoy, creo que se salva." Le agradecí —no sé qué le agradecí— y él agregó: "La reglamentación no lo permite, pero esta noche puede acompañarla".

Primero pasó una enfermera con mi sobretodo y mi bufanda. Después pasó ella en una camilla, con los ojos cerrados, inconsciente.

A las ocho pude entrar en la salita individual donde habían puesto a Gloria. Además de la cama había una silla y una mesa. Me senté a horcajadas sobre la silla y apoyé los codos en el respaldo. Sentía un dolor nervioso en los párpados, como si tuviera los ojos excesivamente abiertos. No podía dejar de mirarla. La sábana continuaba en la palidez de su rostro y la frente estaba brillante, cerosa. Era una delicia sentirla respirar, aun así con los ojos cerrados. Me hacía la ilusión de que no me hablaba sólo porque a mí me gustaba Margaret Sullavan, de que yo no le hablaba porque su compañero era simpático. Pero, en el fondo, yo sabía la verdad y me sentía como en el aire, como si este insomnio fuera una lamentable irrealidad que me exigía esta tensión momentánea, una tensión que de un momento a otro iba a terminar.

Cada eternidad sonaba a lo lejos un reloj y había transcurrido solamente una hora. Una vez me levanté y salí al corredor y caminé unos pasos. Me salió un tipo al encuentro, mordiendo un cigarrillo y preguntándome con un rostro gesticuloso y radiante "¿Así que usted también está de espera?". Le dije que sí, que también esperaba. "Es el primero", agregó, "parece que da trabajo". Entonces sentí que me aflojaba y entré otra vez en la salita a sentarme a horcajadas en la silla. Empecé a contar las baldosas y a jugar juegos de superstición, haciéndome trampas. Calculaba a ojo el número de baldosas que había en una hilera y luego me decía que si era impar se salvaba. Y era impar. También se salvaba si sonaban las campanadas del reloj antes de que contara diez. Y el reloj sonaba al contar cinco o seis. De pronto me hallé pensando: "Si pasa de hoy..." y me entró el pánico. Era preciso asegurar el futuro, imaginarlo a todo trance. Era preciso fabricar un futuro para arrancarla de esta muerte en cierne. Y me puse a pensar que en la licencia anual iríamos a Floresta, que el domingo próximo —porque era necesario crear un futuro bien cercano— iríamos a cenar con mi hermano y su mujer y nos reiríamos con ellos del susto de mi suegra, que yo haría pública mi ruptura formal con Margaret Sullavan, que Gloria y yo tendríamos un hijo, dos hijos, cuatro hijos y cada vez yo me pondría a esperar impaciente en el corredor.

Entonces entró una enfermera y me hizo salir para darle una inyección. Después volví y seguí formulando ese futuro fácil, transparente. Pero ella sacudió la cabeza, murmuró algo y nada más. Entonces todo el presente era ella luchando por vivir, sólo ella y yo y la amenaza de la muerte, sólo yo pendiente de las aletas de su nariz que benditamente se abrían y se cerraban, sólo esta salita y el reloj sonando.

Entonces extraje la libreta y empecé a escribir esto, para leérselo a ella cuando estuviéramos otra vez en casa, para leérmelo a mí cuando estuviéramos otra vez en casa. Otra vez en casa. Qué bien sonaba. Y sin embargo parecía lejano, tan lejano como la primera mujer cuando uno tiene once años, como el reumatismo cuando uno tiene veinte, como la muerte cuando sólo era ayer. De pronto me distraje y pensé en los partidos de hoy, en si los habrían suspendido por la lluvia, en el juez inglés que debutaba en el Estadio, en los asientos contables que escrituré esta mañana. Pero cuando ella volvió a penetrar por mis ojos, con la frente brillante y cerosa, con la boca seca masticando su fiebre, me sentí profundamente ajeno en ese sábado que habría sido el mío.

Eran las once y media y me acordé de Dios, de mi antigua esperanza de que acaso existiera. No quise rezar, por estricta honradez. Se reza ante aquello en que se cree verdaderamente. Yo no puedo creer verdaderamente en él. Sólo tengo la esperanza de que exista. Después me di cuenta de que yo no rezaba sólo para ver si mi honradez lo conmovía. Y entonces recé. Una oración aplastante, llena de escrúpulos, brutal, una oración como para que no quedasen dudas de que yo no quería ni podía adularlo, una oración a mano armada. Escuchaba mi propio balbuceo mental, pero escuchaba sólo la respiración de Gloria, difícil, afanosa. Otra eternidad y sonaron las doce. Si pasa de hoy. Y había pasado. Definitivamente había pasado y seguía respirando y me dormí. **No soñé nada.**

Alguien me sacudió el brazo y eran las cuatro y diez. Ella no estaba. Entonces el médico entró y le preguntó a la enfermera si me lo había dicho. Yo grité que sí, que me lo había dicho —aunque no era cierto— y que él era un animal, un bruto más bruto aún que la doctora, porque había dicho que si pasaba de hoy, y sin embargo. Le grité, creo que hasta lo escupí frenético, y él me miraba bondadoso, odiosamente comprensivo, y yo sabía que no tenía razón, porque el culpable era yo por haberme dormido, por haberla dejado sin mi única mirada, sin su futuro imaginado por mí, sin mi oración hiriente, castigada.

Y entonces pedí que me dijeran en dónde podía verla. Me sostenía una insulsa curiosidad por verla desaparecer, llevándose consigo todos mis hijos, todos mis feriados, toda mi apática ternura hacia Dios.

Puntero izquierdo

A Carlos Real Azúa

Vos sabés las que se arman en cualquier cancha más allá de Propios. Y si no acordáte del campito del Astral, donde mataron a la vieja Ulpiana. Los años que estuvo hinchándola desde el alambrado y, la fatalidad, justo esa tarde, no pudo disparar por la uña encarnada. Y si no acordáte de aquella canchita de mala muerte, creo que la del Torricelli, donde le movieron el esqueleto al pobre Cabeza, un negro de mano armada, puro pamento, que ese día le dio la loca de escupir cuando ellos pasaban con la bandera. Y si no acordáte de los menores de Cuchilla Grande, que mandaron al nosocomio al back del Catamarca, y todo porque le habían hecho al capitán de ellos la mejor jugada recia de la tarde. No es que me arrepienta, ¿sabés? de estar aquí en el hospital, se lo podés decir con todas las letras a la barra del Wilson. Pero para poder jugar más allá de Propios hay que tenerlas bien puestas. ¿O qué te parece haber ganado aquella final contra el Corrales, jugando nada menos que nueve contra once? Hace ya dos años y me parece ver al Pampa, que todavía no había cometido

31

el afane pero lo estaba germinando, correrse por la punta y escupir el centro, justo a los cuarenta y cuatro de la segunda etapa, y yo que la veo venir y la coloco tan al ángulo que el golerito no la pudo ni pellizcar y ahí quedó despatarrado, mandándose la parte porque los de Progreso le habían echado el ojo. ¿O qué te parece haber aguantado hasta el final en la cancha del Deportivo Yi, donde ellos tenían el juez, los línema y una hinchada piojosa que te escupía hasta en los minutos adicionados por suspensiones de juego, y eso cuando no entraban al fiel y te gritaban: ¡Yi! ¡Yi! ¡Yi! como si estuvieran llorando, pero refregándote de paso el puño por la trompa? Y uno haciéndose el etcétera porque si no te tapaban. Lo que yo digo es que así no podemos seguir. O somos amater o somos profesional. Y si somos profesional que vengan los fasules. Aquí no es el Estadio, con protección policial y con esos mamitas que se revuelcan en el área sin que nadie los toque. Aquí si te hacen un penal no te despertás hasta el jueves a más tardar. Lo que está bien. Pero no podés pretender que te maten y después ni se acuerden de vos. Yo sé que para todos estuve horrible y no preciso que me pongas esa cara de Rosigna y Moretti. Pero ni vos ni don Amílcar entienden ni entenderán nunca lo que pasa. Claro, para ustedes es fácil ver la cosa desde el alambrado. Pero hay que estar sobre el pastito, allí te olvidás de todo, de las instrucciones del entrenador y de lo que te paga algún mafioso. Te viene una cosa de adentro y tenés que llevar la redonda. Lo ves venir al jalva con su carita de rompehueso y sin embargo no podés dejársela. Tenés que pasarlo, tenés que pasarlo siempre, como si te estuvieran dirigiendo por control remoto. Si te digo que yo sabía que esto no iba a resultar, pero don Amílcar que empieza a inflar y todos los días a buscarme a la fábrica. Que yo era un puntero izquierdo de condiciones, que era una lástima que ganara tan poco, y que cuando perdiéramos la final él me iba arreglar el pase para el Everton. Ahora vos calculá lo que representa un pase para el Everton, donde además de don Amílcar que después de todo no es más que un cafisho de putas pobres, está nada menos que el doctor Urrutia, que ése sí es Director de Ente Autónomo y ya colocó en Talleres al entreala de ellos. Especialmente por la vieja, sabés, otra seguridad, porque en la fábrica ya estoy viendo que en la próxima huelga me dejan con dos manos atrás y una adelante. Y era pensando en esto que fui al café Industria a hablar con don Amílcar. Te aseguro que me habló como un padre, pensando, claro, que yo no iba a aceptar. A mí me daba risa tanta delicadeza. Que si ganábamos nosotros iba a ascender un club demasiado díscolo, te juro que dijo díscolo, y eso no convenía a los sagrados intereses del deporte nacional. Que en cambio el Everton hacía dos años que ganaba el premio a la corrección deportiva y era justo que ascendiera otro escalón.

En la duda, atenti, pensé para mi entretela. Entonces le dije el asunto es grave y el coso supo con quien trataba. Me miró que parecía una lupa y yo le aguanté a pie firme y le repetí que el asunto es grave. Ahí no tuvo más remedio que reírse y me hizo una bruta guiñada y que era una barbaridad que una inteligencia como yo trabajase a lo bestia en esa fábrica. Yo pensé te clavaste la foja y le hice una entradita sobre Urrutia y el Ente Autónomo. Después, para ponerlo nervioso, le dije que uno también tiene su condición social. Pero el hombre se dio cuenta que yo estaba blando y desembuchó las cifras. Graso error. Allí no más le saqué sesenta. El reglamento era éste: todos sabían que yo era el hombre gol, así que los pases vendrían a mí como un solo hombre. Yo tenía que eludir a dos o tres y tirar apenas desviado o pegar en la tierra y mandarme la parte de la bronca. El coso decía que nadie se iba a dar cuenta que yo corría pa los italianos. Dijo que también iban a tocar a Murias, porque era un tipo macanudo y no lo tomaba a mal. Le pregunté solapadamente si también Murias iba a entrar en Talleres y me contestó que no, que ese puesto era diametralmente mío. Pero después en la cancha lo de Murias fue una vergüenza. El pardo no disimuló ni medio: se tiraba como una mula y siempre lo dejaban en el suelo. A los veintiocho minutos ya lo habían expulsado porque en un escrimaye le dio al entreala de ellos un codazo en el hígado. Yo veía de lejos tirándose de palo a palo al meyado Valverde que es de esos idiotas que rechazan muy pitucos cualquier oferta como la gente, y te juro por la vieja que es un amater de órdago, porque hasta la mujer, que es una milonguita, le mete los cuernos en todo sector. Pero la cosa es que el meyado se rompía y se le tiraba a los pies nada menos que a Bademian, ese armenio con patada de burro que hace tres años casi mata de un tiro libre al golero del Cardona. Y pasa que te contagiás y sentís algo dentro y empezás a eludir y seguís haciendo dribles en la línea del córner como cualquier mandrake y no puede ser que con dos hombres menos (porque al Tito también lo echaron, pero por bruto) nos perdiéramos el ascenso. Dos o tres veces me la dejé quitar, pero, ¿sabés?, me daba un dolor bárbaro porque el jalva que me marcaba era más malo que tomar agua sudando y los otros iban a pensar que yo había disminuido mi estándar de juego. Allí el entrenador me ordenó que jugara atrasado para ayudar a la defensa y yo pensé que eso me venía al trome porque jugando atrás ya no era el hombre-gol y no se notaría tanto si tiraba como la mona. Así y todo me mandé dos boleos que pasaron arañando el palo y estaba quedando bien con todos. Pero cuando me corrí y se la pasé al ñato Silveira para que entrara él y ese tarado me la pasó de nuevo, a mí que estaba solo, no tuve más remedio que pegar en la tierra porque si no iba a ser muy bravo no meter el gol. Entonces mientras yo hacía que me arreglaba los zapatos el entrenador me gritó a lo Tittarufo: "¿Qué tenés en la cabeza? ¿Moco?". Esto, te juro, me tocó aquí adentro, porque yo no tengo moco y si no preguntále a don Amílcar, él siempre dijo que soy un puntero inteligente porque juego con la cabeza levantada. Entonces ya no vi más, se me subió la calabresa y le quise demostrar al coso ése que cuando quiero sé mover la guinda y me saqué de encima a cuatro o cinco y cuando estuve solo frente al golero le mandé un zapatillazo que te lo vogliodire y el tipo quedó haciendo sapitos pero exclusivamente a cuatro patas. Miré hacia el entrenador y lo encontré sonriente como aviso de Rider y recién entonces me di cuenta que me había enterrado hasta el ovario. Los otros me abrazaban y gritaban: "¡Pa los contras!", y yo no quería dirigir la visual hacia donde estaba don Amílcar con el doctor Urrutia, o sea justo en la banderita de mi córner, pero en seguida empezó a llegarme un kilo de putiadas, en las que reconocí el tono mezzosoprano del delegado y la ronquera con bíter de mi fuente de recursos. Allí el partido se volvió de trámite intenso porque entró la hinchada de ellos y le llenaron la cara de dedos a más de cuatro. A mí no me tocaron porque me reservaban de postre. Después quise recuperar puntos y pasé a colaborar con la defensa, pero no marcaba a nadie y me pasaban la globa entre las piernas como a cualquier gilberto. Pero el meyado estaba en su día y sacaba al córner tiros imposibles. Una vuelta se la chingué con efecto y todo y ese bestia la bajó con una sola mano. Miré a don Amílcar y al delegado, a ver si se daba cuenta que contra el destino no se puede, pero don Amílcar ya no estaba y el doctor Urrutia seguía moviendo los labios como un bagre. Allí nomás terminó uno a cero y los muchachos me llevaron en andas porque había hecho el gol de la victoria y además iba a la cabeza en la tabla de los escores. Los periodistas escribieron que mi gol, ese magnífico puntillazo, había dado el más rotundo mentís a los infames rumores circulantes. Yo ni siquiera me di la ducha porque quería contarle a la vieja que ascendíamos a intermedia. Así que salí todo sudado con la camiseta que era un mar de lágrimas, en dirección al primer teléfono. Pero allí nomás me agarraron del brazo y por el movado de oro le di la cana a la bruta manaza de don Amílcar. Te juro que creí que me iba a felicitar por el triunfo, pero está clavado que esos tipos no saben perderla. Todo el partido me la paso chingándola y tirando desviado o sea hipotecando mis prestigios y eso no vale nada. Después me viene el sarampión y hago un gol de apuro y eso sí está mal. Pero, ¿y lo otro? Para mí había cumplido con los sesenta que le había sacado de anticipo, así que me hice el gallito y le pregunté con gran serenidad y altura si le había hablado al delegado sobre mi puesto en Talleres. El coso ni mosquió y casi sin mover los labios, porque estábamos entre la gente, me fue diciendo podrido, mamarracho, tramposo, andá a joder a Gardel, y otros apelativos que te omito por respeto a la enfermera que me cuida como una madre. Dimos vuelta una esquina y allí estaba el delegado. Yo como un caballero le pregunté por la señora y el tipo, como si nada, me dijo en otro orden la misma sarta de piropos, adicionando los de pata sucia, maricón y carajito. Yo pensé la boca se te haga un lago, pero la primera torta me la dio el Piraña, apareciendo de golpe y porrazo como el ave fénix, y atrás de él reconocí al Gallego y al Chicle, todos manyaorejas de Urrutia, el cual en ningún momento se ensució las manos y sólo mordía una boquilla muy pituca, de esas de contrabando. La segunda piña me la obsequió el Canilla, pero a partir de la tercera perdí el orden cronológico y me siguieron dando hasta las calandrias griegas. Cuando quise hacerme una composición de lugar, ya estaba medio muerto. Ahí me dejaron hecho una pulpa y con un solo ojo los vi alejarse por la sombra. Dios nos libre y se los guarde, pensé con cierta amargura y flor de gusto a sangre. Miré a diestro y siniestro en busca de s.o.s. pero aquello era el desierto de Zárate. Tuve que arrastrarme más o menos hasta el bar de Seoane, donde el rengo me acomodó en el camión y me trajo como un solo hombre al hospital. Y aquí me tenés. Te miro con este ojo, pero voy a ver si puedo abrir el otro. Difícil, dijo Cañete. La enfermera que me trata como al rey

Farú y que tiene como ya lo habrás jalviado, su bruta plataforma electoral, dice que tengo para un semestre. Por ahora no está mal, porque ella me sube aúpa para lavarme ciertas ocasiones y yo voy disfrutando con vistas al futuro. Pero la cosa va a ser después; el período de pases ya se acaba, sintetizando, que estoy colgado. En la fábrica ya le dijeron a la vieja que ni sueñe que me vayan a esperar. Así que no tendré más remedio que bajar el cogote y apersonarme con ese chitrulo de Urrutia, a ver si me da el puesto en Talleres como me había prometido.

Había cinco familias que llamaban al Jefe. En la guardia de la mañana yo estaba siempre a cargo del teléfono y conocía de memoria las cinco voces. Todos estábamos enterados de que cada familia era un programa y a veces cotejábamos nuestras sospechas.

Para mí, por ejemplo, la familia Calvo era gordita, arremetedora, con la pintura siempre más ancha que el labio; la familia Ruiz, una pituca sin calidad, de mechón sobre el ojo; la familia Durán, una flaca intelectual, del tipo fatigado y sin prejuicios; la familia Salgado, una hembra de labio grueso, de esas que convencen a puro sexo. Pero la única que tenía voz de mujer ideal era la familia Iriarte. Ni gorda ni flaca, con las curvas suficientes para bendecir el don del tacto que nos da natura; ni demasiado terca ni demasiado dócil, una verdadera mujer, eso es: un carácter. Así la imaginaba. Conocía su risa franca y contagiosa y desde allí inventaba su gesto. Conocía sus silencios y sobre ellos creaba sus ojos. Negros, melancólicos. Conocía su tono amable, acogedor, y desde allí inventaba su ternura.

Con respecto a las otras familias había discrepancias. Para Elizalde, por ejemplo, la Salgado era una petisa sin pretensiones; para Rossi, la Calvo era una pasa de uva; la Ruiz, una veterana más para Correa. Pero en cuanto a la familia Iriarte todos coincidíamos en que era divina, más aún, todos habíamos construido casi la misma imagen a partir de su voz. Estábamos seguros de que si un día llegaba a abrir la puerta de la oficina y simplemente sonreía, aunque no pronunciase palabra, igual la íbamos a reconocer a coro, porque todos habíamos creado la misma sonrisa inconfundible.

El Jefe, que era un tipo relativamente indiscreto en cuanto se refería a los asuntos confidenciales que rozaban la oficina, pasaba a ser una tumba de discreción y de reserva en lo que concernía a las cinco familias. En esa zona, nuestros diálogos con él eran de un laconismo desalentador. Nos limitábamos a atender la llamada, a apretar el botón para que la chicharra sonase en su despacho, y a comunicarle, por ejemplo: "Familia Salgado". Él decía sencillamente "Pásemela" o "Dígale que no estoy" o "Que llame dentro de una hora". Nunca un comentario, ni siquiera una broma. Y eso que sabía que éramos de confianza.

Yo no podía explicarme por qué la familia Iriarte era, de las cinco, la que llamaba con menos frecuencia, a veces cada quince días. Claro que en esas ocasiones la luz roja que indicaba "ocupado" no se apagaba por lo menos durante un cuarto de hora. Cuánto hubiera representado para mí escuchar durante quince minutos seguidos aquella vocecita tan tierna, tan graciosa, tan segura.

Una vez me animé a decir algo, no recuerdo qué, y ella me contestó algo, no recuerdo qué. ¡Qué día! Desde entonces acaricié la esperanza de hablar un poquito con ella, más aún, de que ella también reconociese mi voz como yo reconocía la suya. Una mañana tuve la ocurrencia de decir: "¿Podría esperar un instante hasta que consiga comunicación?" y ella me contestó: "Cómo no, siempre que usted me haga amable la espera". Reconozco que ese día estaba medio tarado, porque sólo pude hablarle del tiempo, del trabajo y de un proyectado cambio de horario. Pero en otra ocasión me hice de valor y conversamos sobre temas generales aunque con significados particulares. Desde entonces ella reconocía mi voz y me saludaba con un "¿Qué tal, secretario?" que me aflojaba por completo.

Unos meses después de esa variante me fui de vacaciones al Este. Desde hacía años, mis vacaciones en el Este habían constituido mi esperanza más firme desde un punto de vista sentimental. Siempre pensé que en una de esas licencias iba a encontrar a la muchacha en quien personificar mis sueños privados y a quien destinar mi ternura latente. Porque yo soy definidamente un sentimental. A veces me lo reprocho, me digo que hoy en día vale más ser egoísta y calculador pero de nada sirve. Voy al cine, me trago una de esas cursilerías mejicanas con hijos naturales y pobres viejecitos, comprendo sin lugar a dudas que es idiota, y sin embargo no puedo evitar que se me haga un nudo en la garganta.

Ahora que en eso de encontrar la mujer en el Este, yo me he investigado mucho y he hallado otros motivos no tan sentimentales. La verdad es que en un balneario uno sólo ve mujercitas limpias, frescas, descansadas, dispuestas a reírse, a festejarlo todo. Claro que también en Montevideo hay mujercitas limpias; pero las pobres están siempre cansadas. Los zapatos estrechos, las escaleras, los autobuses, las dejan amargadas y sudorosas. En la ciudad uno ignora prácticamente cómo es la alegría de una mujer. Y eso, aunque no lo parezca, es importante. Personalmente, me considero capaz de soportar cualquier tipo de pesimismo femenino, diría que me siento con fuerzas como para dominar toda especie de llanto, de gritos o de histeria. Pero me reconozco mucho más exigente en cuanto a la alegría. Hay risas de mujeres que, francamente, nunca pude aguantar. Por eso en un Balneario, donde todas ríen desde que se levantan para el primer baño hasta que salen mareadas del Casino, uno sabe quién es quién y qué risa es asqueante y cuál maravillosa.

Fue precisamente en el Balneario donde volví a oír su Voz. Yo bailaba entre las mesitas de una terraza, a la luz de una luna que a nadie le importaba. Mi mano derecha se había afirmado sobre una espalda parcialmente despellejada que aún no había perdido el calor de la tarde. La dueña de la espalda se reía y era una buena risa, no había que descartarla. Siempre que podía yo le miraba unos pelitos rubios, casi transparentes, que tenía en las inmediaciones de la oreja, y, en realidad me sentía bastante conmovido. Mi compañera hablaba poco, pero siempre decía algo lo bastante soso como para que yo apreciara sus silencios.

Justamente, fue en el agradable transcurso de uno de éstos que oí la frase, tan nítida como si la hubieran recortado especialmente para mí: "¿Y usted qué refresco prefiere?". No tiene importancia ni ahora ni después, pero yo la recuerdo palabra por palabra. Se había formado uno de esos lentos y arrastrados nudos que provoca el tango. La frase había sonado muy cerca, pero esa vez no pude relacionarla con ninguna de las caderas que me habían rozado.

Dos noches después, en el Casino, perdía unos noventa pesos y me vino la loca de jugar cincuenta en una última bola. Si perdía, paciencia; tendría que volver enseguida a Montevideo. Pero salió el 32 y me sentí infinitamente reconfortado y optimista cuando repasé las ocho fichas naranjas de aro que le había dedicado. Entonces alguien dijo en mi oído, casi como un teléfono: "Así se juega: hay que arriesgarse".

Me di vuelta, tranquilo, seguro de lo que iba a hallar, y la familia Iriarte que estaba junto a mí era tan deliciosa como la que yo y los otros habíamos inventado a partir de su voz. A continuación fue relativamente sencillo tomar un hilo de su propia frase, construir una teoría del riesgo, y convencerla de que se arriesgara conmigo, a conversar primero, a bailar después, a encontrarnos en la playa al día siguiente.

Desde entonces anduvimos juntos. Me dijo que se llamaba Doris. Doris Freire. Era rigurosamente cierto (no sé con qué motivo me mostró su carnet) y, además, muy explicable: yo siempre había pensado que las "familias" eran sólo nombres de teléfono. Desde el primer día me hice esta composición de lugar: era evidente que ella tenía relaciones con el Jefe, era no menos evidente que eso lastimaba bastante mi amor propio; pero (fíjense qué buen pero) era la mujer más encantadora que yo había conocido y arriesgaba perderla definitivamente (ahora que el azar la había puesto en mi oído) si yo me atenía desmedidamente a mis escrúpulos.

Además, cabía otra posibilidad. Así como yo había reconocido su voz, ¿por qué no podría Doris reconocer la mía? Cierto que ella había sido siempre para mí algo precioso, inalcanzable, y yo, en cambio, sólo ahora ingresaba en su mundo. Sin embargo, cuando una mañana corrí a su encuentro con un alegre "¿Qué tal, secretaria?", aunque ella enseguida asimiló el golpe, se rió, me dio el brazo y me hizo bromas con una morocha de un *jeep* que nos cruzamos, a mí no se me escapó que había quedado inquieta, como si alguna sospecha la hubiese iluminado. Después, en cambio, me pareció que aceptaba con filosofía la posibilidad de que fuese yo quien atendía sus llamadas al Jefe. Y esa seguridad que ahora reflejaban sus conversaciones, sus inolvidables miradas de comprensión y de promesas me dieron finalmente otra esperanza. Estaba claro que ella apreciaba que yo no le hablase del Jefe; y, aunque esto otro no estaba tan claro, era probable que ella recompensase mi delicadeza rompiendo a corto plazo con él. Siempre supe mirar en la mirada ajena, y la de Doris era particularmente sincera.

Volví al trabajo. Día por medio cumplí otra vez mis guardias matutinas, junto al teléfono. La familia Iriarte no llamó más.

Casi todos los días me encontraba con Doris a la salida de su empleo. Ella trabajaba en el Poder Judicial, tenía buen sueldo, era la funcionaria clave de su oficina y todos la apreciaban.

Doris no me ocultaba nada. Su vida actual era desmedidamente honesta y transparente. Pero, ¿y el pasado? En el fondo a mí me bastaba con que no me engañase. Su aventura —o lo que fuera— con el Jefe, no iba por cierto a infectar mi ración de felicidad. La familia Iriarte no había llamado más. ¿Qué otra cosa podía pretender? Yo era preferido al Jefe y pronto éste pasaría a ser en la vida de Doris ese mal recuerdo que toda muchacha debe tener.

Yo le había advertido a Doris que no me telefoneara a la oficina. No sé qué pretexto encontré. Francamente, yo no quería arriesgarme a que Elizalde o Rossi o Correa atendieran su llamada, reconocieran su voz y fabricaran a continuación una de esas interpretaciones ambiguas a que eran tan afectos. Lo cierto es que ella, siempre amable y sin rencor, no puso objeciones. A mí me gustaba que fuese tan comprensiva en todo lo referente a ese tema tabú, y verdaderamente le agradecía que nunca me hubiera obligado a entrar en explicaciones tristes, en esas palabras de mala fama que todo lo ensucian, que destruyen toda buena intención.

Me llevó a su casa y conocí a su madre. Era una buena y cansada mujer. Hacía doce años que había perdido a su marido y aún no se había repuesto. Nos miraba a Doris y a mí con mansa complacencia, pero a veces se le llenaban los ojos de lágrimas, tal vez al recordar algún lejano pormenor de su noviazgo con el señor Freire. Tres veces por semana yo me quedaba hasta las once, pero a las diez ella discretamente decía buenas noches y se retiraba, de modo que a Doris y a mí nos quedaba una hora para besarnos a gusto, hablar del futuro, calcular el precio de las sábanas y las habitaciones que precisaríamos, exactamente igual que otras cien mil parejas, diseminadas en el territorio de la República, que a esa misma hora intercambiarían parecidos proyectos y mimos. Nunca la madre hizo referencia al Jefe ni a nadie relacionado sentimentalmente con Doris. Siempre me dispensó el tratamiento que todo hogar honorable reserva al primer novio de la nena. Y yo dejaba hacer.

A veces no podía evitar cierta sórdida complacencia en saber que había conseguido (para mi uso, para mi deleite) una de esas mujeres inalcanzables que sólo gastan los ministros, los hombres públicos, los funcionarios de importancia. Yo: un auxiliar de secretaría.

Doris, justo es consignarlo, estaba cada noche más encantadora. Conmigo no escatimaba su ternura. Tenía un modo de acariciarme la nuca, de besarme el pescuezo, de susurrarme pequeñas delicias mientras me besaba, que, francamente, yo salía de allí mareado de felicidad, y, por qué no decirlo, de deseo. Luego, solo y desvelado en mi pieza de soltero, me amargaba un poco pensando que esa refinada pericia probaba que alguien había atendido cuidadosamente su noviciado. Después de todo, ¿era una ventaja o una desventaja? Yo no podía evitar acordarme del Jefe, tan tieso, tan respetable, tan incrustado en su respetabilidad, y no lograba imaginarlo como ese envidiable instructor. ¿Había otros, pues? Pero, ¿cuántos? Especialmente, ¿cuál de ellos le había enseñado a besar así? Siempre terminaba por recordarme a mí mismo que estábamos en mil novecientos cuarenta y seis y no en la Edad Media, que ahora era yo quien importaba para ella, y me dormía abrazado a la almohada como en un vasto anticipo y débil sucedáneo de otros abrazos que figuraban en mi programa.

Hasta el veintitrés de noviembre tuve la sensación de que me deslizaba irremediable y graciosamente hacia el matrimonio. Era un hecho. Faltaba que consiguiéramos un apartamento como a mí me gustaba, con aire, luz y amplios ventanales. Habíamos salido varios domingos en busca de ese ideal, pero cuando hallábamos algo que se le aproximaba, era demasiado caro o sin buena locomoción o el barrio le parecía a Doris apartado y triste.

En la mañana del veintitrés de noviembre yo cumplía mi guardia. Hacía cuatro días que el Jefe no aparecía por el despacho; de modo que me hallaba solo y tranquilo, leyendo una revista y fumando mi rubio. De pronto sentí que, a mis espaldas, una puerta se abría. Perezosamente me di vuelta y alcancé a ver, asomada e interrogante, la adorada cabecita de Doris. Entró con cierto airecito culpable porque —según dijo— pensó que yo fuese a enojarme. El motivo de su presencia en la Oficina era que al fin había encontrado un apartamento con la disposición y el alquiler que buscábamos. Había hecho un esmerado planito y lo mostraba satisfecha. Estaba primorosa con su vestido liviano y aquel ancho cinturón que le marcaba mejor que ningún otro la cintura. Como estábamos solos se sentó sobre mi escritorio, cruzó las piernas y empezó a preguntarme cuál era el sitio de Rossi, cuál el de Correa, cuál el de Elizalde. No conocía personalmente a ninguno de ellos, pero estaba enterada de sus rasgos y anécdotas a través de mis versiones caricaturescas. Ella había empezado a fumar uno de mis rubios y yo tenía su mano entre las mías, cuando sonó el teléfono. Levanté el tubo y dije: "Hola". Entonces el teléfono dijo: "¿Qué tal, secretario?" y aparentemente todo siguió igual. Pero en los segundos que duró la llamada y mientras yo, sólo a medias repuesto, interrogaba maquinalmente: "¿Qué es de su vida después de tanto tiempo?" y el teléfono respondía: "Estuve de viaje por Chile", verdaderamente nada seguía igual. Como en los últimos instantes de un ahogado, desfilaban por mi cabeza varias ideas sin orden ni equilibrio. La primera de éstas: "Así que el Jefe no tuvo nada que ver con ella", representaba la dignidad triunfante. La segunda era, más o menos: "Pero entonces Doris..." y la tercera, textualmente: "¿Cómo pude confundir esta voz?".

Le expliqué al teléfono que el Jefe no estaba, dije adiós, puse el tubo en su sitio. Su mano seguía en mi mano. Entonces levanté los ojos y sabía lo que iba a encontrar. Sentada sobre mi escritorio, fumando como cualquier pituca, Doris esperaba y sonreía, todavía pendiente del ridículo plano. Era, naturalmente, una sonrisa vacía y superficial, igual a la de todo el mundo, y con ella amenazaba aburrirme de aquí a la eternidad. Después yo trataría de hallar la verdadera explicación, pero mientras tanto, en la capa más insospechable de mi conciencia, puse punto final a este malentendido. Porque, en realidad, yo estoy enamorado de la familia Iriarte.

Los pocillos

Los pocillos eran seis: dos rojos, dos negros, dos verdes, y además importados, irrompibles, modernos. Habían llegado como regalo de Enriqueta, en el último cumpleaños de Mariana, y desde ese día el comentario de cajón había sido que podía combinarse la taza de un color con el platillo de otro. "Negro con rojo queda fenomenal", había sido el consejo estético de Enriqueta. Pero Mariana, en un discreto rasgo de independencia, había decidido que cada pocillo sería usado con su plato del mismo color.

"El café ya está pronto. ¿Lo sirvo?", preguntó Mariana. La voz se dirigía al marido, pero los ojos estaban fijos en el cuñado. Éste parpadeó y no dijo nada, pero José Claudio contestó: "Todavía no. Esperá un ratito. Antes quiero fumar un cigarrillo". Ahora sí ella miró a José Claudio y pensó, por milésima vez, que aquellos ojos no parecían de ciego.

La mano de José Claudio empezó a moverse, tanteando el sofá. "¿Qué buscás?", preguntó ella. "El encendedor". "A tu derecha". La mano corrigió el rumbo y halló el encendedor. Con ese temblor que da el continuado afán de búsqueda, el pulgar hizo girar varias veces la ruedita, pero la llama no apareció. A una distancia ya calculada, la mano izquierda trataba infructuosamente de registrar la aparición del calor. Entonces Alberto encendió un fósforo y vino en su ayuda. "¿Por qué no lo tirás?", dijo, con una sonrisa que, como toda sonrisa para ciegos, impregnaba también las modulaciones de la voz. "No lo tiro porque le tengo cariño. Es un regalo de Mariana."

Ella abrió apenas la boca y recorrió el labio inferior con la punta de la lengua. Un modo como cualquier otro de empezar a recordar. Fue en marzo de 1953, cuando él cumplió treinta y cinco años y todavía veía. Habían almorzado en casa de los padres de José Claudio, en Punta Gorda, habían comido arroz con mejillones, y después se habían ido a caminar por la playa. Él le había pasado un brazo por los hombros y ella se había sentido protegida, probablemente feliz o algo semejante. Habían regresado al apartamento y él la había besado lentamente, morosamente, como besaba antes. Habían inaugurado el encendedor con un cigarrillo que fumaron a medias.

Ahora el encendedor ya no servía. Ella tenía poca confianza en los conglomerados simbólicos, pero, después de todo, ¿qué servía aún de aquella época?

"Este mes tampoco fuiste al médico", dijo Alberto.

"No".

"¿Querés que te sea sincero?"

"Claro".

"Me parece una idiotez de tu parte".

"¿Y para qué voy a ir? ¿Para oírle decir que tengo una salud de roble, que mi hígado funciona admirablemente, que mi corazón golpea con el ritmo debido, que mis intestinos son una maravilla? ¿Para eso querés que vaya? Estoy podrido de mi notable salud sin ojos."

La época anterior a la ceguera José Claudio nunca había sido un especialista en la exteriorización de sus emociones, pero Mariana no se ha olvidado de cómo era ese rostro antes de adquirir esta tensión, este resentimiento. Su matrimonio había tenido buenos momentos, eso no podía ni quería ocultarlo. Pero cuando estalló el infortunio, él se había negado a valorar su amparo, a refugiarse en ella. Todo su orgullo se concentró en un silencio terrible, testarudo, un silencio que seguía siendo tal, aun cuando se rodeara de palabras. José Claudio había dejado de hablar de sí.

"De todos modos deberías ir", apoyó Mariana. "Acordáte de lo que siempre te decía Menéndez".

"Cómo no que me acuerdo: Para Usted No Está Todo Perdido. Ah, y otra frase famosa: La Ciencia No Cree en Milagros. Yo tampoco creo en milagros."

"¿Y por qué no aferrarte a una esperanza? Es humano."

"¿De veras?" Habló por el costado del cigarrillo.

Se había escondido en sí mismo. Pero Mariana no estaba hecha para asistir, simplemente para asistir, a un reconcentrado. Mariana reclamaba otra cosa. Una mujercita para ser exigida con mucho tacto, eso era. Con todo había bastante margen para esa exigencia; ella era dúctil. Toda una calamidad que él no pudiese ver; pero ésa no era la peor desgracia. La peor desgracia era que estuviese dispuesto a evitar, por todos los medios a su alcance, la ayuda de Mariana. Él menospreciaba su protección. Y Mariana hubiera querido —sinceramente, cariñosamente, piadosamente— protegerlo.

Bueno, eso era antes; ahora no. El cambio se había operado con lentitud. Primero fue un decaimiento de la ternura. El cuidado, la atención, el apoyo, que desde el comienzo estuvieron rodeados por un halo constante de cariño, ahora se habían vuelto mecánicos. Ella seguía siendo eficiente, de eso no cabía duda, pero no disfrutaba manteniéndose solícita. Después fue un temor horrible frente a la posibilidad de una discusión cualquiera. Él estaba agresivo, dispuesto siempre a herir, a decir lo más duro, a establecer su crueldad sin posible retroceso. Era increíble cómo hallaba a menudo, aún en las ocasiones menos propicias, la injuria refinadamente certera, la palabra que llegaba hasta el fondo, el comentario que marcaba a fuego. Y siempre desde lejos, desde muy atrás de su ceguera, como si ésta oficiara de muro de contención para el incómodo estupor de los otros.

Alberto se levantó del sofá y se acercó al ventanal.

"Qué otoño desgraciado", dijo. "¿Te fijaste?" La pregunta era para ella.

"No", respondió José Claudio. "Fijáte vos por mí".

Alberto la miró. Durante el silencio, se sonrieron. Al margen de José Claudio, y sin embargo, a propósito de él. De pronto Mariana supo que se había puesto linda. Siempre que miraba a Alberto, se ponía linda. Él se lo había dicho por primera vez la noche del veintitrés de abril del año pasado, hacía exactamente un año y ocho días: una noche en que José Claudio le había gritado cosas muy feas, y ella había llorado, desalentada, torpemente triste, durante horas y horas, es decir, hasta que había encontrado el hombro de Alberto y se había sentido comprendida y segura. ¿De dónde extraería Alberto esa capacidad para entender a la gente? Ella hablaba con él, o simplemente lo miraba y sabía de inmediato que él la estaba sacando del apuro. "Gracias", había dicho entonces. Y todavía ahora la palabra llegaba a sus labios directamente desde su corazón, sin razonamientos intermediarios, sin usura. Su amor hacia Alberto había sido en sus comienzos gratitud, pero eso (que ella veía con toda nitidez) no alcanzaba a depreciarlo. Para ella, querer había sido siempre un poco agradecer y otro poco provocar la gratitud. A José Claudio, en los buenos tiempos, le había agradecido que él, tan brillante, tan lúcido, tan sagaz, se hubiera fijado en ella, tan insignificante. Había fallado en lo otro, en eso de provocar la gratitud, y había fallado tan luego en la ocasión más absurdamente favorable, es decir, cuando él parecía necesitarla más.

A Alberto, en cambio, le agradecía el impulso inicial, la generosidad de ese primer socorro que la había salvado de su propio caos, y, sobre todo, ayudado a ser fuerte. Por su parte, ella había provocado su gratitud, claro que sí. Porque Alberto era un alma tranquila, un respetuoso de su hermano, un fanático del equilibrio, pero también, y en definitiva, un solitario. Durante años y años, Alberto y ella habían mantenido una relación superficialmente cariñosa, que se detenía con espontánea discreción en los umbrales del tuteo y sólo en contadas ocasiones dejaba entrever una solidaridad algo más profunda. Acaso Alberto envidiara un poco la aparente felicidad de su hermano, la buena suerte de haber dado con una mujer que él consideraba encantadora. En realidad, no hacía mucho que Mariana había obtenido la confesión de que la imperturbable soltería de Alberto se debía a que toda posible candidata era sometida a una imaginaria y desventajosa comparación.

"Y ayer estuvo Trelles", estaba diciendo José Claudio, "a hacerme la clásica visita adulona que el personal de la fábrica me consagra una vez por trimestre. Me imagino que lo echarán a la suerte y el que pierde se embroma y viene a verme."

"También puede ser que te aprecien", dijo Alberto, "que conserven un buen recuerdo del tiempo en que los dirigías, que realmente estén preocupados por tu salud. No siempre la gente es tan miserable como te parece de un tiempo a esta parte."

"Qué bien. Todos los días se aprende algo nuevo." La sonrisa fue acompañada de un breve resoplido, destinado a inscribirse en otro nivel de ironía.

Cuando Mariana había recurrido a Alberto, en busca de protección, de consejo, de cariño, había tenido de inmediato la certidumbre de que a su vez estaba protegiendo a su protector, de que él se hallaba tan necesitado de amparo como ella misma, de que allí, todavía tensa de escrúpulos y quizá de pudor, había una razonable desesperación de la que ella comenzó a sentirse responsable. Por eso, justamente, había provocado su gratitud, por no decírselo con todas las letras, por simplemente dejar que él la envolviera en su ternura acumulada de tanto tiempo atrás, por sólo permitir que él ajustara a la imprevista realidad aquellas imágenes de ella misma que había hecho transcurrir, sin hacerse ilusiones, por el desfiladero de sus melancólicos insomnios. Pero la gratitud pronto fue desbordada. Como si todo hubiera estado dispuesto para la mutua revelación, como si sólo hubiera faltado que se miraran a los ojos para confrontar y compensar sus afanes, a los pocos días lo más importante estuvo dicho y los encuentros furtivos menudearon. Mariana sintió de pronto que su corazón se había ensanchado y que el mundo era nada más que eso: Alberto y ella.

"Ahora sí podés calentar el café", dijo José Claudio, y Mariana se inclinó sobre la mesita ratona para encender el mecherito de alcohol. Por un momento se distrajo contemplando los pocillos. Sólo había traído tres, uno de cada color. Le gustaba verlos así, formando un triángulo.

Después se echó hacia atrás en el sofá y su nuca encontró lo que esperaba: la mano cálida de Alberto, ya ahuecada para recibirla. Qué delicia, Dios mío. La mano empezó a moverse suavemente y los dedos largos, afilados, se introdujeron por entre el pelo. La primera vez que Alberto se había animado a hacerlo, Mariana se había sentido terriblemente inquieta, con los músculos anudados en una dolorosa contracción que le había impedido disfrutar de la caricia. Ahora no. Ahora estaba tranquila y podía disfrutar. Le parecía que la ceguera de José Claudio era una especie de protección divina.

Sentado frente a ellos, José Claudio respiraba normalmente, casi con beatitud. Con el tiempo, la caricia de Alberto se había convertido en una especie de rito y, ahora mismo, Mariana estaba en condiciones de aguardar el movimiento próximo y previsto. Como todas las tardes la mano acarició el pescuezo, rozó apenas la oreja derecha, recorrió lentamente la mejilla y el mentón. Finalmente se detuvo sobre los labios entreabiertos. Entonces ella, como todas las tardes, besó silenciosamente aquella palma y cerró por un instante los ojos. Cuando los abrió, el rostro de José Claudio era el mismo. Ajeno, reservado, distante. Para ella, sin embargo, ese momento incluía siempre un poco de temor. Un temor que no tenía razón de ser, ya que en el ejercicio de esa caricia púdica, riesgosa, insolente, ambos habían llegado a una técnica tan perfecta como silenciosa.

"No lo dejes hervir", dijo José Claudio.

La mano de Alberto se retiró y Mariana volvió a inclinarse sobre la mesita. Retiró el mechero, apagó la llamita con la tapa de vidrio, llenó los pocillos directamente desde la cafetera.

Todos los días cambiaba la distribución de los colores. Hoy sería el verde para José Claudio, el negro para Alberto, el rojo para ella. Tomó el pocillo verde para alcanzárselo a su marido, pero antes de dejarlo en sus manos, se encontró con la extraña, apretada sonrisa. Se encontró además, con unas palabras que sonaban más o menos así: "No, querida. Hoy quiero tomar en el pocillo rojo."

de LA MUERTE
Y OTRAS SORPRESAS
(1968)

Réquiem con tostadas

Sí, me llamo Eduardo. Usted me lo pregunta para entrar de algún modo en conversación, y eso puedo entenderlo. Pero usted hace mucho que me conoce, aunque de lejos. Como yo lo conozco a usted. Desde la época en que empezó a encontrarse con mi madre en el café de Larrañaga y Rivera, o en éste mismo. No crea que los espiaba. Nada de eso. Usted a lo mejor lo piensa, pero es porque no sabe toda la historia. ¿O acaso mamá se la contó? Hace tiempo que yo tenía ganas de hablar con usted, pero no me atrevía. Así que, después de todo, le agradezco que me haya ganado de mano. ¿Y sabe por qué tenía ganas de hablar con usted? Porque tengo la impresión de que usted es un buen tipo. Y mamá también era buena gente. No hablábamos mucho ella y yo. En casa, o reinaba el silencio, o tenía la palabra mi padre. Pero el Viejo hablaba casi exclusivamente cuando venía borracho, o sea casi todas las noches, y entonces más bien gritaba. Los tres le teníamos miedo: mamá, mi hermanita Mirta y yo. Ahora tengo trece años y medio, y aprendí muchas cosas, entre otras que los tipos que gritan y castigan e insultan, son en el fondo unos pobres diablos. Pero entonces yo era mucho más chico y no lo sabía. Mirta no lo sabe ni siquiera ahora, pero ella es tres años menor que yo, y sé que a veces en la noche se despierta llorando. Es el miedo. ¿Usted alguna vez tuvo miedo? A Mirta siempre le parece que el Viejo va a aparecer borracho, y que se va a quitar el cinturón para pegarle. Todavía no se ha acostumbrado a la nueva situación. Yo, en cambio, he tratado de acostumbrarme. Usted apareció hace un año y medio, pero el Viejo se emborrachaba desde hace mucho más, y no bien agarró ese vicio nos empezó a pegar a los tres. A Mirta y a mí nos daba con el cinto, duele bastante, pero a mamá le pegaba con el puño cerrado. Porque sí nomás, sin mayor motivo: porque la sopa estaba demasiado caliente, o porque estaba demasiado fría, o porque no lo había esperado despierta hasta las tres de la madrugada, o porque tenía los ojos hinchados de tanto llorar. Después, con el tiempo, mamá dejó de llorar. Yo no sé cómo hacía pero cuando él le pegaba, ella ni siquiera se mordía los labios, y no lloraba, y eso al Viejo le daba todavía más rabia. Ella era consciente de eso, y sin embargo prefería no llorar. Usted conoció a mamá cuando ella ya había aguantado y sufrido mucho, pero sólo cuatro años antes (me acuerdo perfectamente) todavía era muy linda y tenía buenos colores. Además era una mujer fuerte. Algunas noches, cuando por fin el Viejo caía estrepitosamente y de inmediato empezaba a roncar, entre ella y yo lo levantábamos y lo llevábamos hasta la cama. Era pesadísimo, y además aquello era como levantar un muerto. La que hacía casi toda la fuerza era ella. Yo apenas si me encargaba de sostener una pierna, con el pantalón todo embarrado y el zapato marrón con los cordones sueltos. Usted seguramente creerá que el Viejo toda la vida fue un bruto. Pero no. A papá lo destruyó una porquería que le hicieron. Y se la hizo precisamente un primo de mamá, ese que trabaja en el Municipio. Yo no supe nunca en qué consistió la porquería, pero mamá disculpaba en cierto modo los arranques del Viejo porque ella se sentía un poco responsable de que alguien de su propia familia lo hubiera perjudicado en aquella forma. No supe nunca qué clase de porquería le hizo, pero la verdad era que papá, cada vez que se emborrachaba, se lo reprochaba como si ella fuese la única culpable. Antes de la porquería, nosotros vivíamos muy bien. No en cuanto a plata, porque tanto yo como mi hermana nacimos en el mismo apartamento (casi un conventillo) junto a Villa Dolores, el sueldo de papá nunca alcanzó para nada, y mamá siempre tuvo que hacer milagros para darnos de comer y comprarnos de vez en cuando alguna tricota o algún par de alpargatas. Hubo muchos días en que pasamos hambre (si viera qué feo es pasar hambre), pero en esa época por lo menos había paz. El Viejo no se emborrachaba, ni nos pegaba, y a veces hasta nos llevaba a la *matinée*.

Algún raro domingo en que había plata. Yo creo que ellos nunca se quisieron demasiado. Eran muy distintos. Aun antes de la porquería, cuando papá todavía no tomaba, ya era un tipo bastante alunado. A veces se levantaba al mediodía y no le hablaba a nadie, pero por lo menos no nos pegaba ni la insultaba a mamá. Ojalá hubiera seguido así toda la vida. Claro que después vino la porquería y él se derrumbó, y empezó a ir al boliche y a llegar siempre después de medianoche, con un olor a grapa que apestaba. En los últimos tiempos todavía era peor, porque también se emborrachaba de día y ni siquiera nos dejaba ese respiro. Estoy seguro de que los vecinos escuchaban todos los gritos, pero nadie decía nada, claro, porque papá es un hombre grandote y le tenían miedo. También yo le tenía miedo, no sólo por mí y por Mirta, sino especialmente por mamá. A veces yo no iba a la escuela, no para hacer la rabona, sino para quedarme rondando la casa, ya que siempre temía que el Viejo llegara durante el día, más borracho que de costumbre, y la moliera a golpes. Yo no la podía defender, usted ve lo flaco y menudo que soy, y todavía entonces lo era más, pero quería estar cerca para avisar a la policía. ¿Usted se enteró de que ni papá ni mamá eran de ese ambiente? Mis abuelos de uno y otro lado, no diré que tienen plata, pero por lo menos viven en lugares decentes, con balcones a la calle y cuartos de baño con bidé y bañera. Después que pasó todo, Mirta se fue a vivir con mi abuela

Juana, la madre de papá, y yo estoy por ahora en casa de mi abuela Blanca, la madre de mamá. Ahora casi se pelearon por recogernos, pero cuando papá y mamá se casaron, ellas se habían opuesto a ese matrimonio (ahora pienso que a lo mejor tenían razón) y cortaron las relaciones con nosotros. Digo nosotros, porque papá y mamá se casaron cuando yo ya tenía seis meses. Eso me lo contaron una vez en la escuela, y yo le reventé la nariz al Beto, pero cuando se lo pregunté a mamá, ella me dijo que era cierto. Bueno, yo tenía ganas de hablar con usted, porque (no sé qué cara va a poner) usted fue importante para mí, sencillamente porque fue importante para mamá. Yo la quise bastante, como es natural, pero creo que nunca pude decírselo. Teníamos siempre tanto miedo, que no nos quedaba tiempo para mimos. Sin embargo, cuando ella no me veía, yo la miraba y sentía no sé qué, algo así como una emoción que no era lástima, sino una mezcla de cariño y también de rabia por verla todavía joven y tan acabada, tan agobiada por una culpa que no era la suya, y por un castigo que no se merecía. Usted a lo mejor se dio cuenta, pero yo le aseguro que mi madre era inteligente, por cierto bastante más que mi padre, creo, y eso era para mí lo peor: saber que ella veía esa vida horrible con los ojos bien abiertos, porque ni la miseria, ni los golpes, ni siquiera el hambre, consiguieron nunca embrutecerla. La ponían triste, eso sí. A veces se le formaban unas ojeras casi azules, pero se enojaba cuando yo le preguntaba si le pasaba algo. En realidad, se hacía la enojada. Nunca la vi realmente mala conmigo. Ni con nadie. Pero antes de que usted apareciera, yo había notado que cada vez estaba más deprimida, más apagada, más sola. Tal vez fue por eso que pude notar mejor la diferencia. Además, una noche llegó un poco tarde (aunque siempre mucho antes que papá) y me miró de una manera distinta, tan distinta que yo me di cuenta de que algo sucedía. Como si por primera vez se enterara de que yo era capaz de comprenderla. Me abrazó fuerte, como con vergüenza, y después me sonrió. ¿Usted se acuerda de su sonrisa? Yo sí me acuerdo. A mí me preocupó tanto ese cambio, que falté dos o tres veces al trabajo (en los últimos tiempos hacía el reparto de un almacén) para seguirla y saber de qué se trataba. Fue entonces que los vi. A usted y a ella. Yo también me quedé contento. La gente puede pensar que soy un desalmado, y quizá no esté bien eso de haberme alegrado porque mi madre engañaba a mi padre. Puede pensarlo. Por eso nunca lo digo. Con usted es distinto. Usted la quería. Y eso para mí fue algo así como una suerte. Porque ella se merecía que la quisieran. Usted la quería, ¿verdad que sí? Yo los vi muchas veces y estoy casi seguro. Claro que al Viejo también trato de comprenderlo. Es difícil, pero trato. Nunca lo pude odiar, ¿me entiende? Será porque, pese a lo que hizo, sigue siendo mi padre. Cuando nos pegaba, a Mirta y a mí, o cuando arremetía contra mamá, en medio de mi terror yo sentía lástima. Lástima por él, por ella, por Mirta, por mí. También la siento ahora, ahora que él ha matado a mamá y quién sabe por cuanto tiempo estará preso. Al principio, no quería que yo fuese, pero hace por lo menos un mes que voy a visitarlo a Miguelete y acepta verme. Me resulta extraño verlo al natural, quiero decir sin encontrarlo borracho. Me mira, y la mayoría de las veces no me dice nada. Yo creo que cuando salga, ya no me va a pegar. Además, yo seré un hombre, a lo mejor me habré casado y hasta tendré hijos. Pero yo a mis hijos no les pegaré, ¿no le parece? Además estoy seguro de que papá no habría hecho lo que hizo si no hubiese estado tan borracho. ¿O usted cree lo contrario? ¿Usted cree que, de todos modos, hubiera matado a mamá esa tarde en que, por seguirme y castigarme a mí, dio finalmente con ustedes dos? No me parece. Fíjese que a usted no le hizo nada. Sólo más tarde, cuando tomó más grapa que de costumbre, fue que arremetió contra mamá. Yo pienso que, en otras condiciones, él habría comprendido que mamá necesitaba cariño, necesitaba simpatía, y que él en cambio sólo le había dado golpes. Porque mamá era buena. Usted debe saberlo tan bien como yo. Por eso, hace un rato, cuando usted se me acercó y me invitó a tomar un capuchino con tostadas, aquí en el mismo café donde se citaba con ella, yo sentí que tenía que contarle todo esto. A lo mejor usted no lo sabía, o sólo sabía una parte, porque mamá era muy callada y sobre todo no le gustaba hablar de sí misma. Ahora estoy seguro de que hice bien. Porque usted está llorando, y, ya que mamá está muerta, eso es algo así como un premio para ella, que no lloraba nunca.

La noche de los feos

Ambos somos feos. Ni siquiera vulgarmente feos. Ella tiene un pómulo hundido. Desde los ocho años, cuando le hicieron la operación. Mi asquerosa marca junto a la boca viene de una quemadura feroz, ocurrida a comienzos de mi adolescencia.

Tampoco puede decirse que tengamos ojos tiernos, esa suerte de faros de justificación por los que a veces los horribles consiguen arrimarse a la belleza. No, de ningún modo. Tanto los de ella como los míos son ojos llenos de resentimiento, que sólo reflejan la poca o ninguna resignación con que enfrentamos nuestro infortunio. Quizá eso nos haya unido. Tal vez *unido* no sea la palabra más apropiada. Me refiero al odio implacable que cada uno de nosotros siente por su propio rostro.

Nos conocimos a la entrada del cine, haciendo cola para ver en la pantalla a dos hermosos cualesquiera. Allí fue donde por primera vez nos examinamos sin simpatía pero con oscura solidaridad; allí fue donde registramos, ya desde la primera ojeada, nuestras respectivas soledades. En la cola todos estaban de a dos, pero además eran auténticas parejas: esposos, novios, amantes, abuelitos, vaya uno a saber. Todos —de la mano o del brazo— tenían a alguien. Sólo ella y yo teníamos las manos sueltas y crispadas.

Nos miramos las respectivas fealdades con detenimiento, con insolencia, sin curiosidad. Recorrí la hendedura de su pómulo con la garantía de desparpajo que me otorgaba mi mejilla encogida. Ella no se sonrojó. Me gustó que fuera dura, que devolviera mi inspección con una ojeada minuciosa a la zona lisa, brillante, sin barba, de mi vieja quemadura.

Por fin entramos. Nos sentamos en filas distintas, pero contiguas. Ella no podía mirarme, pero yo, aun en la penumbra, podía distinguir su nuca de pelos rubios, su oreja fresca, bien formada. Era la oreja de su lado normal.

Durante una hora y cuarenta minutos admiramos las respectivas bellezas del rudo héroe y la suave heroína. Por lo menos yo he sido siempre capaz de admirar lo lindo. Mi animadversión la reservo para mi rostro, y a veces para Dios. También para el rostro de otros feos, de otros espantajos. Quizá debería sentir piedad, pero no puedo. La verdad es que son algo así como espejos. A veces me pregunto qué suerte habría corrido el mito si Narciso hubiera tenido un pómulo hundido, o el ácido le hubiera quemado la mejilla, o le faltara media nariz, o tuviera una costura en la frente.

La esperé a la salida. Caminé unos metros junto a ella, y luego le hablé. Cuando se detuvo y me miró, tuve la impresión de que vacilaba. La invité a que charláramos un rato en un café o una confitería. De pronto aceptó.

La confitería estaba llena, pero en ese momento se desocupó una mesa. A medida que pasábamos entre la gente, quedaban a nuestras espaldas las señas, los gestos de asombro. Mis antenas están particularmente adiestradas para captar esa curiosidad enfermiza, ese inconsciente sadismo de los que tienen un rostro corriente, milagrosamente simétrico. Pero esta vez ni siquiera era necesaria mi adiestrada intuición, ya que mis oídos alcanzaban para registrar murmullos, tosecitas, falsas carrasperas. Un rostro horrible y aislado tiene evidentemente su interés; pero dos fealdades juntas constituyen en sí mismas un espectáculo mayor, poco menos que coordinado; algo que se debe mirar en compañía, junto a uno (o una) de esos bien parecidos con quienes merece compartirse el mundo.

Nos sentamos, pedimos dos helados, y ella tuvo coraje (eso también me gustó) para sacar del bolso su espejito y arreglarse el pelo. Su lindo pelo.

"¿Qué está pensando?", pregunté.

Ella guardó el espejo y sonrió. El pozo de la mejilla cambió de forma.

"Un lugar común", dijo. "Tal para cual".

Hablamos largamente. A la hora y media hubo que pedir dos cafés para justificar la prolongada permanencia. De pronto me di cuenta de que tanto ella como yo estábamos hablando con una franqueza tan hiriente que amenazaba traspasar la sinceridad y convertirse en un casi equivalente de la hipocresía. Decidí tirarme a fondo.

"Usted se siente excluida del mundo, ¿verdad?".

"Sí", dijo, todavía mirándome.

"Usted admira a los hermosos, a los normales. Usted quisiera tener un rostro tan equilibrado como esa muchachita que está a su derecha, a pesar de que usted es inteligente, y ella, a juzgar por su risa, irremisiblemente estúpida."

"Sí".

Por primera vez no pudo sostener mi mirada.

"Yo también quisiera eso. Pero hay una posibilidad, ¿sabe?, de que usted y yo lleguemos a algo."

"¿Algo como qué?"

"Como querernos, caramba. O simplemente congeniar. Llámele como quiera, pero hay una posibilidad."

Ella frunció el ceño. No quería concebir esperanzas.

"Prométame no tomarme por un chiflado".

"Prometo".

"La posibilidad es meternos en la noche. En la noche íntegra. En lo oscuro total. ¿Me entiende?"

"No".

"¡Tiene que entenderme! Lo oscuro total. Donde usted no me vea, donde yo no la vea. Su cuerpo es lindo, ¿no lo sabía?"

Se sonrojó, y la hendedura de la mejilla se volvió súbitamente escarlata.

"Vivo solo, en un apartamento, y queda cerca".

Levantó la cabeza y ahora sí me miró preguntándome, averiguando sobre mí, tratando desesperadamente de llegar a un diagnóstico.

"Vamos", dijo.

II

No sólo apagué la luz sino que además corrí la doble cortina. A mi lado ella respiraba. Y no era una respiración afanosa. No quiso que la ayudara a desvestirse.

Yo no veía nada, nada. Pero igual pude darme cuenta de que ahora estaba inmóvil, a la espera. Estiré cautelosamente una mano, hasta hallar su pecho. Mi tacto me transmitió una versión estimulante, poderosa. Así vi su vientre, su sexo. Sus manos también me vieron.

En ese instante comprendí que debía arrancarme (y arrancarla) de aquella mentira que yo mismo había fabricado. O intentado fabricar. Fue como un relámpago. No éramos eso. No éramos eso.

Tuve que recurrir a todas mis reservas de coraje, pero lo hice. Mi mano ascendió lentamente hasta su rostro, encontró el surco de horror, y empezó una lenta, convincente y convencida caricia. En realidad mis dedos (al principio un poco temblorosos, luego progresivamente serenos) pasaron muchas veces sobre sus lágrimas.

Entonces, cuando yo menos lo esperaba, su mano también llegó a mi cara, y pasó y repasó el costurón y el pellejo liso, esa isla sin barba, de mi marca siniestra.

Lloramos hasta el alba. Desgraciados, felices. Luego me levanté y descorrí la cortina doble.

Miss Amnesia

La muchacha abrió los ojos y se sintió apabullada por su propio desconcierto. No recordaba nada. Ni su nombre, ni su edad, ni sus señas. Vio que su falda era marrón y que la blusa era crema. No tenía cartera. Su reloj pulsera marcaba las cuatro y cuarto. Sintió que su lengua estaba pastosa y que las sienes le palpitaban. Miró sus manos y vio que las uñas tenían un esmalte transparente. Estaba sentada en el banco de una plaza con árboles, una plaza que en el centro tenía una fuente vieja, con angelitos, y algo así como tres platos paralelos. Le pareció horrible. Desde su banco veía comercios, grandes letreros. Pudo leer: Nogaró, Cine Club, Porley Muebles, Marcha, Partido Nacional. Junto a su pie izquierdo vio un trozo de espejo, en forma de triángulo. Lo recogió. Fue consciente de una enfermiza curiosidad cuando se enfrentó a aquel rostro que era el suyo. Fue como si lo viera por primera vez. No le trajo ningún recuerdo. Trató de calcular su edad. Tendré dieciséis o diecisiete años, pensó. Curiosamente, recordaba los nombres de las cosas (sabía que esto era un banco, eso una columna, aquello una fuente, aquello otro un letrero), pero no podía situarse a sí misma en un lugar y en un tiempo. Volvió a pensar, esta vez en voz alta: "Sí, debo tener dieciséis o diecisiete", sólo para confirmar que era una frase en español. Se preguntó si además hablaría otro idioma. Nada. No recordaba nada. Sin embargo, experimentaba una sensación de alivio, de serenidad, casi de inocencia. Estaba asombrada, claro, pero el asombro no le producía desagrado. Tenía la confusa impresión de que esto era mejor que cualquier otra cosa, como si a sus espaldas quedara algo abyecto, algo horrible. Sobre su cabeza el verde de los árboles tenía dos tonos, y el cielo casi no se veía. Las palomas se acercaron a ella, pero en seguida se retiraron, defraudadas. En realidad, no tenía nada para darles. Un mundo de gente pasaba junto al banco, sin prestarle atención. Sólo algún muchacho la miraba. Ella estaba dispuesta a dialogar, incluso lo deseaba, pero aquellos volubles contempladores siempre terminaban por vencer su vacilación y seguían su camino. Entonces alguien se separó de la corriente. Era un hombre cincuentón, bien vestido, peinado impecablemente, con alfiler de corbata y portafolio negro. Ella intuyó que le iba a hablar. ¿Me habrá reconocido?, pensó. Y tuvo miedo de que aquel individuo la introdujera nuevamente en su pasado. Se sentía tan feliz en su confortable olvido. Pero el hombre simplemente vino y preguntó: "¿Le sucede algo, señorita?". Ella lo contempló largamente. La cara del tipo le inspiró confianza. En realidad, todo le inspiraba confianza. "Hace un rato abrí los ojos en esta plaza y no recuerdo nada, nada de lo de antes". Tuvo la impresión de que no eran necesarias más palabras. Se dio cuenta de su propia sonrisa cuando vio que el hombre también sonreía. Él le tendió la mano. Dijo: "Mi nombre es Roldán, Félix Roldán". "Yo no sé mi nombre", dijo ella, pero estrechó la mano. "No importa. Usted no puede quedarse aquí. Venga conmigo. ¿Quiere?" Claro que quería. Cuando se incorporó, miró hacia las palomas que otra vez la rodeaban, y reflexionó: Qué suerte, soy alta. El hombre llamado Roldán la tomó suavemente del codo, y le propuso un rumbo. "Es cerca", dijo. ¿Qué sería lo cerca? No importaba. La muchacha se sentía como una turista. Nada le era extraño y sin embargo no podía reconocer ningún detalle. Espontáneamente, enlazó su brazo débil con aquel brazo fuerte. El traje era suave, de una tela peinada, seguramente costosa. Miró hacia arriba (el hombre era alto) y le sonrió. El también sonrió, aunque esta vez separó un poco los labios. La muchacha alcanzó a ver un diente de oro. No preguntó por el nombre de la ciudad. Fue él quien le instruyó: "Montevideo". La palabra cayó en un hondo vacío. Nada. Absolutamente nada. Ahora iban por una calle angosta, con baldosas levantadas y obras en construcción. Los autobuses pasaban junto al cordón y a veces provocaban salpicaduras de un agua barrosa. Ella pasó la mano por sus piernas para limpiarse unas gotas oscuras. Entonces vio que no tenía medias. Se acordó de la palabra medias. Miró hacia arriba y encontró unos balcones viejos, con ropa tendida y un hombre en pijama. Decidió que le gustaba la ciudad.

"Aquí estamos", dijo el hombre llamado Roldán junto a una puerta de doble hoja. Ella pasó primero. En el ascensor, el hombre marcó el piso quinto. No dijo una palabra, pero la miró con ojos inquietos. Ella retribuyó con una mirada rebosante de confianza. Cuando él sacó la llave para abrir la puerta del apartamento, la muchacha vio que en la mano derecha él llevaba una alianza y además otro anillo con una piedra roja. No pudo recordar cómo se llamaban las piedras rojas. En el apartamento no había nadie. Al abrirse la puerta, llegó de adentro una bocanada de olor a encierro, a confinamiento. El hombre llamado Roldán abrió una ventana y la invitó a sentarse en uno de los sillones. Luego trajo copas, hielo, whisky. Ella recordó las palabras hielo y copa. No la palabra whisky. El primer trago de alcohol la hizo toser, pero le cayó bien. La mirada de la muchacha recorrió los muebles, las paredes, los cuadros. Decidió que el conjunto no era armónico, pero estaba en la mejor disposición de ánimo y no se escandalizó. Miró otra vez al hombre y se sintió cómoda, segura. Ojalá nunca recuerde nada hacia atrás, pensó. Entonces el hombre soltó una carcajada que la sobresaltó.

"Ahora decíme, mosquita muerta. Ahora que estamos solos y tranquilos, eh, vas a decirme quién sos." Ella volvió a toser y abrió desmesuradamente los ojos. "Ya le dije, no me acuerdo". Le pareció que el hombre estaba cambiando vertiginosamente, como si cada vez estuviera menos elegante y más ramplón, como si por debajo del alfiler de corbata o del traje de tela peinada, le empezara a brotar una espesa vulgaridad, una inesperada antipatía. "¿Miss Amnesia? ¿Verdad?" Y eso ¿qué significaba? Ella no entendía nada, pero sintió que empezaba a tener miedo, casi tanto miedo de este absurdo presente como del hermético pasado. "Che, miss Amnesia", estalló el hombre en otra risotada, "¿sabés que sos bastante original? Te juro que es la primera vez que me pasa algo así. ¿Sos nueva ola o qué?" La mano del hombre llamado Roldán se aproximó. Era la mano del mismo brazo fuerte que ella había tomado espontáneamente allá en la plaza. Pero en rigor era otra mano. Velluda, ansiosa, casi cuadrada. Inmovilizada por el terror, ella advirtió que no podía hacer nada. La mano llegó al escote y trató de introducirse. Pero había cuatro botones que dificultaban la operación. Entonces la mano tiró hacia abajo y saltaron tres de los botones. Uno de ellos rodó largamente hasta que se estrelló contra el zócalo. Mientras duró el ruidito, ambos quedaron inmóviles. La muchacha aprovechó esa breve espera involuntaria para incorporarse de un salto, con el vaso todavía en la mano. El hombre llamado Roldán se le fue encima. Ella sintió que el tipo la empujaba hacia un amplio sofá tapizado de verde. Sólo decía: "Mosquita muerta, mosquita muerta". Se dio cuenta de que el horrible aliento del tipo se detenía primero en su pescuezo, luego en su oreja, después en sus labios. Advirtió que aquellas manos poderosas, repugnantes, trataban de aflojarle la ropa. Sintió que se asfixiaba, que ya no daba más. Entonces notó que sus dedos apretaban aún el vaso que había tenido whisky. Hizo otro esfuerzo sobrehumano, se incorporó a medias, y pegó con el vaso, sin soltarlo, en el rostro de Roldán. Éste se fue hacia atrás, se balanceó un poco y finalmente resbaló junto al sofá verde. La muchacha asumió íntegramente su pánico. Saltó sobre el cuerpo del hombre, aflojó al fin el vaso (que cayó sobre una alfombrita, sin romperse), corrió hacia la puerta, la abrió, salió al pasillo y bajó espantada los cinco pisos. Por la escalera, claro. En la calle pudo acomodarse el escote gracias al único botón sobreviviente. Empezó a caminar ligero, casi corriendo. Con espanto, con angustia, también con tristeza y siempre pensando: Tengo que olvidarme de esto, tengo que olvidarme de esto. Reconoció la plaza y reconoció el banco en que había estado sentada. Ahora estaba vacío. Así que se sentó. Una de las palomas pareció examinarla, pero ella no estaba en condiciones de hacer ningún gesto. Sólo tenía una idea obsesiva: Tengo que olvidarme, Dios mío haz que me olvide también de esta vergüenza. Echó la cabeza hacia atrás y tuvo la sensación de que se desmayaba.

Cuando la muchacha abrió los ojos, se sintió apabullada por su desconcierto. No recordaba nada. Ni su nombre, ni su edad, ni sus señas. Vio que su falda era marrón y que su blusa, en cuyo escote faltaban tres botones, era de color crema. No tenía cartera. Su reloj marcaba las siete y veinticinco. Estaba sentada en el banco de una plaza con árboles, una plaza que en el centro tenía una fuente vieja, con angelitos y algo así como tres platos paralelos. Le pareció horrible. Desde el banco veía comercios, grandes letreros. Pudo leer: Nogaró, Cine Club, Porley Muebles, Marcha, Partido Nacional. Nada. No recordaba nada. Sin embargo, experimentaba una sensación de alivio, de serenidad, casi de inocencia. Tenía la confusa impresión de que esto era mejor que cualquier otra cosa, como si a sus espaldas quedara algo abyecto, algo terrible. La gente pasaba junto al banco. Con niños, con portafolios, con paraguas. Entonces alguien se separó de aquel desfile interminable. Era un hombre cincuentón, bien vestido, peinado impecablemente, con portafolio negro, alfiler de corbata y un parchecito blanco sobre el ojo. ¿Será alguien que me conoce?, pensó ella, y tuvo miedo de que aquel individuo la introdujera nuevamente en su pasado. Se sentía tan feliz en su confortable olvido. Pero el hombre se acercó y preguntó simplemente: "¿Le sucede algo, señorita?". Ella lo

contempló largamente. La cara del tipo le inspiró confianza. En realidad, todo le inspiraba confianza. Vio que el hombre le tendía la mano y
oyó que decía: "Mi nombre es Roldán. Félix
Roldán." Después de todo, el nombre era lo de
menos. Así que se incorporó y espontáneamente
enlazó su brazo débil con aquel brazo fuerte.

de CON Y SIN NOSTALGIA
(1977)

Los astros y vos

Hijo de un maestro primario y de una costurera, delgado, de buena estatura, ojos oscuros y manos suaves, podía haber pasado por un habitante promedio de Rosales, ese pueblito aséptico, alfabetizado e industrioso, con su destino más visible ligado a dos fábricas (poderosas, humeantes, cuadradas) de capital extranjero. Oliva era comisario como pudo haber sido albañil o bancario, es decir no por vocación, sino por azar. Por otra parte, durante largos años la policía casi no había tenido sentido en la vida cotidiana de Rosales, ya que allí nadie delinquía. El último crimen, un recuerdo que tenía por lo menos veinte años, había sido un típico crimen de amor: el almacenero don Estévez había matado a su mujer, enferma de un cáncer incurable, nada más que para ahorrarle las últimas semanas de insoportable agonía. Alguna que otra noche asomaban en la plaza, dignificada por la iglesia y la jefatura, dos o tres alcohólicos moderados, pero la policía nunca intervenía porque esos tipos tenían la borrachera alegre y se limitaban a entonar viejas milongas o a rememorar un evangelio de chistes que ellos creían indiscutiblemente procaces y que en realidad eran de una inocencia casi adolescente.

El comisario frecuentaba el café, donde jugaba a la generala con el dentista o el boticario, y a veces hasta aparecía por el Club, donde discutía amigablemente con el periodista Arroyo sobre deportes y política internacional. En rigor, la especialidad periodística de Arroyo no eran ni los deportes ni la política internacional, sino la sabia, escurridiza astrología, pero en su diaria sección de horóscopos ("Los astros y vos") hacía a menudo referencias muy concretas y muy verificables sobre distintos matices de un futuro presumiblemente cercano. Y eran matices en tres zonas: la internacional, la nacional y la pueblerina. Tantos aciertos se había anotado en los tres órdenes, que su sección astrológica en *La Espina de Rosales* (diario de la mañana) era consultada con atención y respeto no sólo por las mujeres, sino por todos los rosaleros.

Quizá valga la pena aclarar que el nombre del pueblo no era —ni es— Rosales. Aquí se lo adopta sólo por razones de seguridad. En el Uruguay de hoy no sólo las personas, los grupos políticos o los sindicatos, han ido pasando a la ilegalidad; también hay barrios y pueblos y villas, que se han vuelto clandestinos.

Es a partir del golpe del '73 que el comisario Oliva sufre una radical transformación. El primer cambio visible fue en su aspecto externo: antes no usaba casi nunca el uniforme, y en verano se le veía a menudo en mangas de camisa. Ahora el uniforme y él eran inseparables. Y ello había dado a su rostro, a su postura, a su paso, a sus órdenes, una rigidez y un autoritarismo que un año atrás habrían sido absolutamente inverosímiles. Además había engordado (según los rosaleros, se había "achanchado") rápida e inconteniblemente.

Al principio, Arroyo miraba aquel cambio con cierta incredulidad, como si creyera que el comisario estaba simplemente desarrollando un gran simulacro. Pero la noche en que mandó detener a los tres borrachitos de rigor, por "desórdenes y vejámenes al pudor", cuando la verdad era que habían cantado y contado como siempre; esa noche Arroyo comprendió que la transformación iba en serio. Y al día siguiente las columnas de "Los astros y vos" comenzaron a expresar un pronóstico sombrío para el futuro cercano y rosalero.

El único liceo del pueblo tuvo por primera vez un paro estudiantil. Al igual que en otras localidades del Interior, asistían al liceo jóvenes de muy desparejas edades: unos eran casi niños y otros eran casi hombres. En este paro inaugural, los muchachos protestaron contra el golpe, contra el cierre del parlamento, contra la clausura de sindicatos, contra las torturas. Totalmente desprevenidos con respecto al cambio operado en Oliva, desfilaron con pancartas alrededor de la plaza, y antes de concluir la segunda vuelta, ya fueron detenidos. Todavía los policías les pidieron disculpas (algunos eran tíos o padrinos de los "revoltosos"), agregando a nivel de susurro, entre crítico y temeroso, que eran "cosas de Oliva". De los sesenta detenidos, antes de las veinticuatro horas el comisario soltó a cincuenta, no sin antes propinarles una larga filípica, en el curso de la cual dijo, entre otras cosas, que no iba a tolerar "que ningún mocoso lo llamara fascista". A los diez restantes (los únicos mayores de edad) los retuvo en la comisaría, incomunicados. A la madrugada se oyeron claramente quejidos, pedidos de auxilio, gritos desgarradores. A los padres (y sobre todo a las madres) les costó convencerse de que en la comisaría estaban torturando a sus muchachos. Pero se convencieron.

Al día siguiente, Arroyo se puso aún más sombrío en su anuncio astrológico. Soltó frases como éstas: "Alguien acudirá a siniestras formas represivas destinadas a arruinar la vida de Rosales, y eso costará sangre, pero a la larga fracasará". En el pueblo sólo había un abogado que ejercía su profesión, y los padres acudieron a él para que defendiera a los diez jóvenes, pero cuando el doctor Borja se lanzó a la búsqueda del juez, se encontró con que éste también estaba preso. Era ridículo, pero además era cierto. Entonces se armó de valor y se presentó en la comisaría, pero no bien mencionó palabras como *habeas corpus*, derecho de huelga, etc., el comisario lo hizo expulsar del recinto policial. El abogado decidió entonces viajar a la capital; no obstante, y a fin de que los padres no concibieran demasiadas esperanzas, les adelantó que lo más probable era que en Montevideo apoyaran a Oliva. Por supuesto, el doctor Borja no regresó, y varios meses después los vecinos de Rosales empezaron a enviarle cigarrillos al penal de Punta Carretas. Arroyo pronosticó: "Se acerca la hora de la sinrazón. El odio comenzará a incubarse en las almas buenas."

Sobrevino entonces el episodio del baile, algo fuera de serie en los anales del pueblo. Una de las fábricas había construido un Centro Social para uso de sus obreros y empleados. Lo había hecho con el secreto fin de neutralizar las eventuales rebeldías laborales, pero hay que reconocer que el Centro Social era usado por todo Rosales.

Los sábados de noche la juventud, y también la gente madura, concurrían allí para charlar y bailar. Los bailes de los sábados eran probablemente el hecho comunitario más importante. En el Centro Social se ponían al día los chismes de la semana, arrancaban allí los futuros noviazgos, se organizaban los bautizos, se formalizaban las bodas, se ajustaba la nómina de enfermos y convalecientes. En la época anterior al golpe, Oliva había concurrido con asiduidad. Todos lo consideraban un vecino más. Y en realidad lo era. Pero después de la transformación, el comisario se había parapetado en su despacho (la mayoría de las noches dormía en la comisaría, "en acto de servicio") y ya no iba al café, ni concurría al Club (su distanciamiento con Arroyo era ostensible) ni menos aún al Centro Social. Sin embargo, ese sá-

bado apareció, con escolta y sin aviso. La pobrecita orquesta se desarmó en una carraspera del
bandoneón, y las parejas que bailaban se quedaron inmóviles, sin siquiera desabrazarse, como
una caja de música a la que de pronto se le hubiera estropeado el mecanismo.

Cuando Oliva preguntó: "¿Quién de las
mujeres quiere bailar conmigo?", todos se dieron
cuenta de que estaba borracho. Nadie respondió.
Dos veces más hizo la pregunta y tampoco respondió nadie. El silencio era tan compacto que
todos (policías, músicos y vecinos) pudieron escuchar el canto no comprometido de un grillo.
Entonces Oliva, seguido por sus capangas, se
acercó a Claudia Oribe, sentada con su marido
en un banco junto al ventanal. En el sexto mes de
su primer embarazo, Claudia (rubia, simpática,
joven, bastante animosa) se sentía pesada y se
movía con extrema cautela, ya que el médico la
había prevenido contra los riesgos de un aborto.

"¿Querés bailar?", preguntó el comisario,
tuteándola por primera vez y tomándola de un
brazo. Aníbal, el marido, obrero de la construcción, se puso de pie, pálido y crispado. Pero
Claudia se apresuró a responder: "No, señor,
no puedo". "Pues conmigo vas a poder", dijo
Oliva. Aníbal gritó entonces: "¿No ve la barriga
que tiene? Déjela tranquila, ¿quiere?" "No es
con vos que estoy hablando", dijo Oliva. "Es con
ella, y ella va a bailar conmigo." Aníbal se le fue
encima, pero tres de los capangas lo sujetaron.

94

"Llévenselo", ordenó Oliva. Y se lo llevaron. Rodeó con su brazo uniformado la deformada cintura de la encinta, hizo con la ceja una señal a la orquesta, y cuando ésta reinició desafinadamente la queja interrumpida, arrastró a Claudia hasta la pista. Era evidente que a la muchacha le faltaba el aire, pero nadie se animaba a intervenir, entre otras contundentes razones porque los custodias sacaron a ventilar sus armas. La pareja bailó sin interrupción tres tangos, dos boleros y una rumba. Al término de ésta, y con Claudia a punto de desmayarse, Oliva la trajo otra vez hasta el banco, dijo: "¿Viste cómo podías?", y se fue. Esa misma noche Claudia Oribe abortó.

El marido estuvo incomunicado durante varios meses. Oliva disfrutó encargándose personalmente de los interrogatorios. Aprovechando que el médico de los Oribe era primo hermano de un Subsecretario, una delegación de notables, presidida por el facultativo, fue a la capital para entrevistarse con el jerarca. Pero éste se limitó a aconsejar: "Me parece mejor no mover este asunto. Oliva es hombre de confianza del gobierno. Si ustedes insisten en una reparación, o en que lo sancionen, él va a comenzar a vengarse. Éstos son tiempos de quedarse tranquilo y esperar. Fíjense en lo que yo mismo hago. Espero ¿no?"

Pero allá en Rosales, Arroyo no se conformó con esperar. A partir de ese episodio, su campaña fue sistemática. Un lunes, la columna "Los astros y vos" expresó en su pronóstico para Rosales: "Pronto llegará la hora en que alguien pague". El miércoles añadió: "Negras perspectivas para quien hace alarde de la fuerza ante los débiles". El jueves: "El autoritario va a sucumbir y lo merece". Y el viernes: "Los astros anuncian inexorablemente el fin del aprendiz. Del aprendiz de déspota."

El sábado, Oliva concurrió en persona a la redacción de *La Espina de Rosales*. Arroyo no estaba. Entonces decidió ir a buscarlo a la casa. Antes de llegar les dijo a los custodias: "Déjenme solo. Para entenderme con este maricón hijo de puta, yo me basto y me sobro." Cuando Arroyo abrió la puerta, Oliva lo empujó con violencia y entró sin hablarle. Arroyo no perdió pie, y tampoco pareció sorprendido. Se limitó a tomar cierta distancia del comisario y entró en la única habitación que daba al zaguán y que oficiaba de estudio. Oliva fue tras él. Pálido y con los labios apretados, el periodista se situó detrás de una mesa con cajones. Pero no se sentó.

—¿Así que los astros anuncian mi fin?

—Sí —dijo Arroyo—. Yo no tengo la culpa. Son ellos que lo anuncian.

—¿Sabés una cosa? Además de hijo de puta, sos un mentiroso.

—No estoy de acuerdo, comisario.

—¿Y sabés otra cosa? Ahora mismo te vas a sentar ahí y vas a escribir el artículo de mañana.

—Mañana es domingo y no sale el diario.

—Bueno, el del lunes. Y vas a poner que los astros dicen que el aprendiz de déspota va a vivir muchos años. Y que los va a vivir con suerte y con salud.

—Pero los astros no dicen eso, comisario.

—¡Me cago en los astros! Vas a escribirlo. ¡Y ahora mismo!

El movimiento de Arroyo fue tan rápido que Oliva no pudo ni siquiera intentar una defensa o un esquive. Fue un solo disparo, pero a quemarropa. Ante los ojos abiertos y estupefactos de Oliva derrumbándose, Arroyo agregó con calma:

—Los astros nunca mienten, comisario.

Escuchar a Mozart

Pensar, capitán Montes, que hubieras podido seguir durmiendo tu siesta. En realidad, estás cansado. Hay que reconocer que la faena de anoche fue dura, con esos doce presos que llegaron juntos, ya bastante maltrechos, y ustedes tuvieron que arruinarlos un poquito más. Eso siempre te deja un malestar, sobre todo cuando no se consigue que suelten nada, ni siquiera el número de zapatos o el talle de la camisa. Las pocas veces en que alguien habla, pensando (pobre ingenuo) que eso quizá signifique el final del infierno, entonces el trabajo sucio te deja por lo menos una satisfacción mínima. Después de todo, te enseñaron que el fin justifica los medios, pero vos ya no te acordás mucho de cuál es el fin. Tu especialidad siempre fueron los medios, y éstos deben ser contundentes, implacables, eficaces. Te metieron en el marote que estos muchachitos tan frescos, tan sanos, tan decididos (vos agregarías: y tan fanáticos), eran tus enemigos, pero a esta altura ya ni siquiera estás demasiado seguro de quiénes son tus amigos. Por lo menos sabés a ciencia cierta que el coronel Ochoa no es tu amigo. El coronel, que jamás se mancha el meñique con ningún trabajo que apeste, te considera un débil, y te lo ha dicho delante del teniente Vélez y del mayor Falero. Vos no siempre alcanzás a comprender cómo Falero y Vélez pueden efectuar tan calmosamente un interrogatorio tras otro, sin perder nada de su compostura, sin que se les afloje un botón ni se les desacomode el peinado, negro y engominado en Falero, ondeado y pelirrojo en Vélez. La siesta te deja siempre de mal humor. Pero hoy estás especialmente malhumorado. Quizá porque Amanda te sugirió anoche, tímidamente, después de haber hecho el amor con una tensión inevitable y frustránea, *si no sería mejor que*, y vos estallaste, casi rugiste de indignación y despecho, acaso porque también pensabas lo mismo, pero a quién se le ocurría ahora pedir el retiro, algo que siempre despierta fastidiosas sospechas y aprensiones. Y además, en "época de guerra interna", el pretexto tendría que ser tremendo, nunca menos que cáncer, desprendimiento de retina o cirrosis. Pero lo lamentable es que Amanda lo haya pensado, simplemente pensado. "Pienso en Jorgito y me da pánico". ¿Y qué se cree? ¿Que vos vislumbrás un porvenir espléndido? Y eso que ella no sabe los pormenores de cada jornada. No sabe cómo te sentiste cuando a la muchacha que cayó en La Teja hubo que irle sacando los dientes, uno por uno, con paciencia y con celo. O cuando tuviste conciencia de que, al cabo de una sola sesión de trabajo, aquel obrerito mofletudo había quedado listo para que le amputaran el testículo. Ella no sabe nada. Incluso a veces te comenta si será cierto lo que dicen las malas y peores lenguas: que en el cuartel tal y en el regimiento cual, arrancan confesiones mediante espantosos procedimientos. Y es increíble que te diga: "Ojalá nunca te ordenen hacer algo así. Porque, claro, tendrías que negarte, y vaya a saber qué sucedería." Y vos tranquilizándola como de costumbre, sin poderle confesar que cuando te lo ordenaron la primera vez ni siquiera esbozaste una tímida negativa, porque no le podías dar al coronel Ochoa ese pretexto en bandeja. Fue en esa amarga jornada cuando te jugaste tu carrera y decidiste no perder, y aunque de noche estuviste vomitando durante horas, y Amanda, al despertarse con el fragor de tus arcadas, te preguntó qué te pasaba y vos inventaste lo del lechón que te había caído mal, la cosa no terminó ahí y durante muchas noches soñaste con aquel muchacho que, cada vez que recomenzaba el castigo, abría la boca sin emitir sonido alguno y apretaba los ojos y ponía el pescuezo duro como una viga. Ahora pensás, claro, a qué darle más vueltas. Una vez que te decidiste, chau. De todas maneras, vos creés que tenés motivos morales para hacer lo que hacés. Pero el problema es que ya casi no te acordás del motivo moral, sino pura y exclusivamente de una boca que sangra o un cuerpo que se dobla. De modo que aparentemente es bastante lógico que conectes el tocadiscos y coloques en el plato una cualquiera de las sinfonías de Mozart. Hasta hace poco la música te limpiaba, te equilibraba, te depuraba, te ajustaba. Ahora mismo, en esta ascensión espiritual, en este brío juguetón, te alejas de las imágenes sombrías, del patio del cuartel, de los gritos desgarradores, de tu propia vergüenza. Los violines trabajan como galeotes, las violas acompañan como hembras fidelísimas, el corno interroga sin demasiada convicción. Pero no importa. Vos también a veces interrogás sin convicción, y si aplicás la picana es precisamente por eso, porque no tenés confianza en tus argumentos, porque sabés que nadie va a convertirse de pronto en traidor nada más que porque vos evoques la patria o lo putees. Mozart te gusta desde que ibas con Amanda a los conciertos del Sodre, cuando todavía no había Jorgito ni subversión, y la faena más irregular de los cuarteles era tomar mate, y por cierto qué bien lo cebaba el soldado Martínez. Mozart te gusta, no desde siempre sino desde que Amanda te enseñó a gustarlo. Y fijate qué curioso, ahora Amanda no tiene ganas de escuchar música, ninguna música, ni Mozart, ni un carajo, sencillamente porque tiene miedo y teme atentados y vela por Jorgito, y claro a Mozart no se lo puede escuchar con miedo sino con el espíritu libre y la conciencia tranquila. O sea que mejor apagá el tocadiscos. Así está bien. De todas maneras, los violines ¿viste? quedan sonando como un prodigio que lentamente se deteriorara, tal como a veces quedan sonando en el cuartel los alaridos de dolor cuando ya nadie los profiere. Estás solo en la casa. Linda casa. Amanda fue a ver a su madre, vieja podrida y meterete, apuntás. Y Jorgito no volvió aún del Neptuno. Hijito lindo, apuntás. Estás solo, y por el ventanal del living entra la soleada imagen del jardín. Ochoa estará ahora con Vélez y Falero. El coronel les da confianza nada más que para conseguir aliados contra vos. Porque te odia, claro. Nadie lo pone en duda. Puede ser que vos odies a los presos, nada más que porque ellos son el pretexto del odio de Ochoa. Rebuscado, ¿no? Hacés méritos y sin embargo comprendés que es inútil. Por fuerte o desalmado que seas, o parezcas, demasiado sabés que Ochoa nunca te perdonará. Porque fuiste vos el que una noche, entre interrogatorio e interrogatorio, le preguntó si era cierto que su hija "había pasado a la clandestinidad". Se lo preguntaste con cautela, y también con un amago de solidaridad, ya que, pese a tus encontronazos con el tipo, después de todo tenés bien arraigado el "espíritu de cuerpo". Nunca vas a olvidarte de la mirada resentida que te dedicó, porque claro, era cierto, aquella esplendorosa piba, Aurora Ochoa, alias Zulema, había pasado a la clandestinidad y era requerida en los comunicados de las ocho, y el coronel había encontrado una frase exorcista a la que se aferraba con unción: "No me mencionen a esa degenerada; ya no es mi hija". Sin embargo, a vos no te la dijo, y eso fue acaso lo más grave. Simplemente te taladró con la mirada, y ordenó: "Capitán Montes, retírese". Y vos, después del saludo ritual, te retiraste. No se lo habías preguntado con mala leche, sobre todo porque te hacías cargo de lo que representaba para Ochoa el hecho (escalofriante para cualquier oficial) de que la subversión se hubiera colado en su propio hogar. Pero te borraste, y a partir de esa reculada comprendiste que mientras Ochoa estuviera al frente de la unidad, estabas liquidado. Ahora te servís whisky, por más que no te gusta empezar tan temprano. Pero no te tortures, torturador; no es posible que de una sola vez te quedés sin Mozart y sin whisky. Por lo menos el whisky tiene menos exigencias que Mozart. Al menos, para disfrutar cada trago, no es imprescindible que tengas la conciencia tranquila. Más aún, mala conciencia con dos cubitos de hielo, es una *bella combinazione*, como bien dice el capitán Cardarelli, de tu derecha, cuando se concede una tregua a medianoche, después de administrar una compleja sesión de picana en paladar, submarino seco y trompadas en los riñones. ¿Alguna vez pensaste qué habría sido de vos si te hubieras negado? Claro que lo pensaste. Y tenés datos muy cercanos y esclarecedores: la brutal sanción al teniente Ramos y la humillante degradación del capitán Silva, de tu izquierda. Ellos no se animaron a hacerse cargo del trabajo mugriento, no se autorizaron a sí mismos aunque con esa decisión mandaran su carrera a la mierda. O quizá fueron simplemente decentes, andá a saber. Decentes e indisciplinados. Una pregunta por el millón: ¿Hasta dónde te llevará tu sentido de disciplina, capitán Montes? ¿Te llevará a cometer más crímenes en nombre de otros? ¿A rehuir tu imagen en los espejos? ¿Hasta dónde te llevará tu sentido de disciplina, capitancito Montes? ¿A ir cancelando tu capacidad de amor? ¿A convertir tus odios en rutina? ¿O a permitir que tu rutina agreda, hiera, perfore, fracture, viole, ampute, asfixie, inmole? ¿A lograr que cada inmolación te deje más reseco, más frío, más podrido, más inerte? ¿Hasta dónde te llevará tu sentido de disciplina, capitán, capitancito? ¿Pensaste alguna vez que el sancionado Ramos y el degradado Silva acaso puedan escuchar a Mozart, o a Troilo (o a quien se les dé en los forros), aunque sea en la memoria? Ahora que por fin ha vuelto Jorgito y se acerca a besarte, no estaría mal que pensaras en él. ¿Creés que con el tiempo tu hijo te perdonará lo que ahora ignora? A lo mejor lo querés. A tu manera claro. Pero tu manera también ha cambiado. Antes eras franco con él. La rígida disciplina no sólo te había inculcado el rigor, sino algo que vos llamabas, sin precisión alguna, la verdad. Antes, en el cuartel empuñabas tus armas, sólo para ejercicios, simulacros. Y en tu casa empuñabas la verdad, también para ejercicios, simulacros. Cuando sorprendías a Jorgito en una insignificante mentira, descargabas en él tu cólera sagrada. Tu santísima

105

trinidad estaba integrada por Dios, el Comandante en Jefe, y la Verdad. Muchas veces le pegaste a Jorgito porque se le había quedado a Amanda con un mísero vuelto, o porque decía saber la tabla del siete y no era cierto. Hace tanto; y en realidad tan poco, de esos arranques. La subversión era todavía atendida en la órbita meramente policial, y ustedes seguían tomando mate en los cuarteles. Pero esas veces en que el botija recibió sin una lágrima las primeras trompadas de su vida, fueron, ¿te acordás?, inevitablemente seguidas por las primeras y frustráneas noches en que no fuiste capaz de seguir escuchando a Mozart. En una ocasión hasta perdiste la calma, y, ante el estupor de Amanda, hiciste añicos el concierto para flauta y orquesta, y como consecuencia de la rabieta hubo que reparar el Garrard. Pero hace mucho que te borraste de la verdad. La santísima trinidad se redujo a una dualidad todavía infalible: Dios y el Comandante en Jefe. Y no es demasiado aventurado pronosticar desde ya la unidad final: el Comandante en Jefe a secas. Ahora no le exigís perentoriamente a Jorgito que te cuente la verdad estricta, inmaculada, despojada de adornos y disimulos, quizá porque jamás te atreverías a decirle la verdad, la escandalosamente sucia verdad de tu trabajo. Pensar, capitán Montes, capitancito, que podías haber seguido durmiendo la siesta, y en ese caso aún no habrías enfrentado (quizá tendrías que enfrentarla mañana, aunque nunca se sabe cómo funcionan en los chicos las claves del olvido) la pregunta que en este instante te formula tu hijo, sentado frente a vos en la silla negra: "Pa, ¿es cierto que vos torturás?". Y tampoco te habrías visto obligado, como ahora, después de tragar fuerte, a responder con otra pregunta: "¿Y de dónde sacaste eso?", aún sabiendo de antemano que la respuesta de Jorgito va a ser: "Me lo dijeron en la escuela". Y claro, decís, masticando cada sílaba: "No es cierto. No es cierto como te lo dijeron. Pero, hijito, tenés que comprender que estamos luchando con gente muy pero muy peligrosa que quiere matar a tu papá, a tu mamá, y a muchas otras personas que vos querés. Y a veces no hay más remedio que asustarlos un poco, para que confiesen las barbaridades que preparan." Pero él insiste: "Está bien, pero vos... ¿torturás?". Y de pronto te sentís cercado, bloqueado, acalambrado. Sólo atinás a seguir preguntando: "¿Pero a qué le llamás tortura?". Jorgito está bien informado para sus ocho años: "¿Cómo a qué? Al submarino, pa. Y a la picana, y al teléfono." Por primera vez esas palabras te taladran, te joden. Sentís que te ponés rojo, y no tenés modo de evitarlo. Rojo de rabia, rojo de vergüenza. Intentás recomponer de apuro cierta imagen de serenidad, pero sólo te sale un balbuceo: "¿Se puede saber cuál de tus compañeritos te mete esas porquerías en la cabeza?". Pero ya lo ves, Jorgito está implacable: "¿Para qué querés saberlo? ¿Para hacer que lo torturen?" Eso es demasiado para vos. De pronto advertís —no sabés exactamente si horrorizado o estupefacto— que te has vaciado de amor. Depositás sobre la alfombrita marrón el vaso con el resto de whisky, y empezás a caminar, a pasos lentos y marcados. Jorgito sigue en la silla negra, con sus verdes ojos cada vez más inocentes y despiadados. Das un largo rodeo para situarte detrás del respaldo, acariciás con ambas manos aquel pescuezo desvalido, exculpado, con pelusa y lunares, y empezás a decirle: "No hay que hacer caso, hijito, la gente a veces es muy mala, muy mala. ¿Entiende, hijito?" Y no bien el pibe dice con cierto esfuerzo: "Pero pa", vos seguís acariciando esa nuca, oprimiendo suavemente esa garganta, y luego, renunciando (ahora sí) para siempre a Mozart, apretás, apretás inexorablemente, mientras en la casa linda y desolada sólo se escucha tu voz sin temblores: "¿Entendiste, hijito de puta?".

Los viudos de Margaret Sullavan

Uno de los pocos nombres reales que aparecen en mis primeros cuentos ("Idilio", "Sábado de Gloria") es el de Margaret Sullavan. Y aparece por una razón sencilla. Es inevitable que en la adolescencia uno se enamore de una actriz, y ese enamoramiento suele ser definitorio y también formativo. Una actriz de cine no es exactamente una mujer; más bien es una imagen. Y a esa edad uno tiende, como primera tentativa, a enamorarse de imágenes de mujer antes que de mujeres de carne y hueso. Luego, cuando se va penetrando realmente en la vida, no hay mujer de celuloide —al fin de cuentas, sólo captable por la vista y el oído— capaz de competir con las mujeres reales, igualmente captables por ambos sentidos, pero que además pueden ser disfrutadas por el gusto, el olfato y el tacto.

Pero la actriz que por primera vez nos corta el aliento e invade nuestros insomnios, significa también nuestro primer ensayo de emoción, nuestro primer borrador de amor. Un borrador que años después pasaremos en limpio con alguna muchacha —o mujer—, que seguramente poco o nada se asemejará a aquella imagen de inauguración, pero que en cambio tendrá la ventaja de sus manos tangibles con mensajes de vida, de sus labios besables sin más trámite, de sus ojos que no sólo sirvan para ser mirados, sino también para mirarnos.

Sin embargo, el amor de celuloide es importante. Significa algo así como un preestreno. Frente a aquel rostro, a aquella sonrisa, a aquella mirada, a aquel ademán, tan reveladores, uno prueba sus fuerzas, hace la primera gimnasia de corazón, y algunas veces hasta escucha campanas. Y como, después de todo, no se corre mayor riesgo (la imagen por lo general está remota, en un Hollywood o una Cinecità inalcanzables), uno se deja soñar, desinhibido, resignado y veraz, aunque el fondo de tanta franqueza sea un amor de ficción.

Margaret Sullavan había sido eso para mí. Es claro que, cuando escribí los cuentos, ya no era por cierto un adolescente. Aunque todavía daban en los cines montevideanos alguna que otra película de su última época, y aunque por supuesto no me perdía ninguna, yo ya había pasado más de una vez en limpio aquel borrador de amor, y en consecuencia podía verlo con distancia y objetividad, pero también con una cálida nostalgia, con una alegre gratitud, como siempre se mira, a través del tiempo esmerilado, a la mujer que de alguna manera nos ha iniciado en el viaje amoroso.

No obstante, sólo años después advertí con precisión qué lugarcito había ganado en mi vida la incanjeable, maravillosa protagonista de *Y aho-*

ra qué y *El bazar de las sorpresas*. En enero de 1960 estaba con mi mujer en Nueva York. Una tarde nos encontramos con cuatro amigos uruguayos y decidimos cenar temprano e ir luego a un teatro del Village donde se representaba *Our Town*, de Thornton Wilder, en la notable versión de José Quintero. La pieza llevaba ya varios meses en cartel, pero no era fácil conseguir entradas en las horas previas a cada función; de modo que, mientras los otros se instalaban en un restorán italiano de ruidosa clientela, yo me largué hasta el teatro a ver si conseguía localidades para seis.

De entrada me sorprendió que el boletero no tuviera aspecto de tal, aunque si alguien me hubiese obligado a una definición, no habría sabido decir cómo era el aspecto de un boletero inconfundible. Éste era joven, delgado; tenía unos anteojos de armazón oscura y cristales de miope; su aspecto era de estudiante de letras o de primer clarinete. El vestíbulo del teatro estaba desierto y eso estimuló mis esperanzas. Pero la razón de esa paz era muy simple: no había localidades. Cuando pregunté si existía alguna remota posibilidad de conseguir seis entradas ("sólo seis entradas, señor"), el muchacho levantó la vista de un ajado ejemplar del *New Yorker* y me miró con tajante desprecio: "¿A esta hora seis localidades? ¿En qué mundo vive?" El tipo tenía razón. Yo no estaba nada seguro del mundo en que vivía. Pero me sentí como un provinciano al que rezongan porque no se atreve con la escalera mecánica o con el teléfono público. A pesar de todo, no me fui enseguida. Me quedé unos minutos mirando las fotografías del elenco, tal vez con la secreta esperanza de que alguien viniera a devolver seis entradas, ni una más, ni una menos.

Entonces sonó el teléfono. El muchacho hizo un nuevo gesto de fastidio, ya que debía interrumpir otra vez su lectura del *New Yorker*, o quizá porque estaba cansado de repetir con voz gangosa que no había localidades. De pronto su rostro se transfiguró. Se quitó los anteojos con un gesto rabioso, y dijo casi sollozando: "¡No! ¡No! ¡No puede ser!" Después colgó, con un gesto brusco y desprendido, tan maquinal como marginal, y hundió la vencida cabeza entre los dedos flacos y temblorosos.

Yo era el único testigo de aquella congoja. Pese a la agresiva respuesta que me había propinado, pensé que podía sentirse mal y me acerqué. Le toqué apenas un brazo, sólo para que notara mi presencia. Le pregunté si le sucedía algo, si había recibido una mala noticia, si lo podía ayudar, etc. Entonces levantó la cabeza, y me miró con los ojos sin cristales, como a través de una ventana con lluvia o de un recuerdo inmóvil.

"Murió Margaret Sullavan". Lo dijo lentamente, marcando cada sílaba, como si quisiera dejar bien claro que se sentía indefenso, que se sentía desgraciado, y que no se estaba mandando la parte.

Entonces fui yo el que dije, en otro estilo y en otro idioma, claro, como para mí mismo y para nadie más: "No, no puede ser". El muchacho no entendió las palabras en español, pero seguramente comprendió mi asombro, mi tristeza. Me recosté contra la pared, porque necesitaba algo en que apoyarme. Nos miramos el boletero y yo: él, un poco asombrado de haber hallado imprevistamente a otro viudo de Margaret, allí, en el teatro, al alcance de su mano huesuda; yo, apenas consciente de que en ese instante se extinguía el último rescoldo de mi ya lejana adolescencia.

De pronto el boletero se pasó una mano por los ojos, a fin de arrastrar sin disimulo las lágrimas, y me preguntó con la voz entrecortada, pero ya no gangosa: "¿Cuántas entradas dijo que quería? ¿Seis?" Abrió un cajoncito y extrajo seis entradas, unidas por un alfiler, y me las dio. Le pagué, sin decir nada. Darle una propina en aquellas circunstancias habría sido un agravio; algo absolutamente descartable entre dos viudos de la misma imagen. Nos dimos la mano y todo. Como dos deudos. Casi como hubiera podido sentirse James Stewart, pareja de Margaret en tantas películas.

Cuando salí en dirección al restorán italiano, yo también me froté los ojos, pero en mi estilo: no con la palma sino con los nudillos. En realidad, no conocía cuál podía ser el grado o la motivación del amargo estupor del boletero, irascible y cegato. Pero en mi caso sí que lo sabía: por primera vez en mi vida había perdido a un ser querido.

de GEOGRAFÍAS
(1984)

Geografías

Pavadas que uno inventa en el exilio para de algún modo convencerse de que no se está quedando sin paisaje, sin gente, sin cielo, sin país. Las geografías, qué delirio zonzo. Al menos una vez por semana, Bernardo y yo nos encontramos en el café Cluny para sumergirnos (frente a un *beaujolais*, él; frente a un *alsace*, yo) en las dichosas geografías. Un juego elemental y más bien opaco, que sólo se explica por la mufa. Pero la mufa, qué joder, es una realidad. Mufo, luego existo. Y por lo tanto el juego tiene su cosquilla. Es así: uno de los dos pregunta sobre un detalle (no privado, sino público) de la lejanísima Montevideo: un edificio, un teatro, un árbol, un pájaro, una actriz, un café, un político proscripto, un general retirado, una panadería, cualquier cosa. Y el otro tiene que describir ese detalle, tiene que exprimir al máximo su memoria para extraer de ella su postalita de hace diez años, o darse por vencido y admitir que no recuerda nada, que aquella figura o aquel dato se borraron, no se alojan más en su archivo mnemónico. En este último caso pierde un punto, siempre y cuando quien formula la pregunta

117

posea efectivamente la respuesta. Y como el reglamento es harto estricto, si tal respuesta no satisface al perdedor, el punto queda pendiente de resolución hasta que el controvertido detalle pueda ser cotejado con una fotografía o con uno de los tantos eruditos que pueblan (y asolan) el *Quartier*. Esta vez Bernardo me lleva dos puntos. O sea que el *score* hasta el momento es el siguiente: Bernardo 15, Roberto 13. Siempre que me saca alguna ventaja se pone ensoberbecido y pedante, pero debo honestamente aclarar que hoy me va ganando gracias a una pregunta muy rebuscada, casi fraudulenta, sobre no sé qué detalle de la pata delantera del caballo en el monumento al Gaucho, y a otra, no menos ponzoñosa, acerca de las ventanas del Palacio Salvo, undécimo piso, que dan a la Plaza Independencia. A mí eso me parece juego sucio, ya que, por mi parte, le hago preguntas normales, verosímiles y sencillas, digamos qué café está (o estaba) en la crucial esquina de Rivera y Comercio, o cuántas puertas de entrada tiene (o tenía) la tribuna Colombes en el estadio Centenario, o dónde está (o estaba) la parada final de la línea de ómnibus 173. Ya ven qué diferencia. Así que dejo sentada mi formal protesta y en el preciso instante en que Bernardo me responde, entre engreídas carcajadas, que lo que pasa es que siempre he sido y seré un mal perdedor, "como todos los de Aries", veo a Delia, nada menos que a Delia, que está esperando resignadamente el *passez pietons* o su verde metáfora en el cruce del *Boul Mich*. Hace ocho o nueve años que no la veo y sin embargo la reconozco *ipso facto*. Más delgada pero siempre linda. Su postura irradia la misma seguridad que en lejanas primaveras. Allá por el '69, antes del delirio militante y la locura represiva y las pintadas en los muros y la irreversible clandestinidad, pasamos buenas noches y mejores siestas, ella y yo. Es decir, que la veo allí, esperando la luz verde, y (esto es algo más fuerte que mi proverbial discreción) la desnudo con *il pensiero*. Sin embargo, nuestra antigua relación no fue tan sólo física. Delia es una tipa macanuda, inteligente, sensible, con una sonrisa que alegra la vida, no sólo la mía en particular sino la vida en general. Buena no sólo en el trance del amor sino antes y después. Si no hubiéramos sido tan gurises en aquella etapa, tal vez nos habríamos casado, pero con qué. Yo empezaba segundo de ingeniería y vivía de changuitas. Ella, que tenía a los viejos en Paysandú, estaba un poco más atrasada, también en ingeniería, y sacaba algunos mangos vendiendo artesanías en la feria de Tristán Narvaja. Así y todo nos encontrábamos y nos amábamos, por decirlo pudorosamente, dos veces por semana. Después vino la época dura y las respectivas militancias nos empezaron a separar. Los horarios (también la lucha política tiene horarios y qué severos) conspiraban contra nosotros. A veces pasábamos quince días viéndonos tan sólo en alguna asamblea, y aún así, empezamos a no coincidir: más de una vez, en el instante clave de las votaciones de madrugada, yo levantaba la mano y ella no, o ella alzaba la suya, y la mía en el bolsillo. En un abril que políticamente fue más bien calentito, nos encontramos una sola noche, y, sin que en ese instante lo supiéramos, fue la última. Cuarenta y ocho horas después, tuve que borrarme, y ella, tres días más tarde. Sólo en agosto, al recalar apresuradamente en Buenos Aires, me enteré de que Delia estaba en cana desde mediados de julio. Se comió más de ocho años. Se portó bien, o sea que las pasó mal. Pero hasta aquí no sabía que había podido salir del país. Aunque parezca mentira, recorro todo el currículum durante esos minutos en que ella espera la luz verde y, como telón de fondo, Bernardo sigue desarrollando su insoportable ponencia sobre mi demostrada condición de mal perdedor. Así, hasta que el especialista en ventanas de undécimo piso y patas de caballo estatuario, también la distingue y dice mirá ésa de marrón, pero si es Delia, ¿te acordás de Delia? Claro que me acuerdo. Y la llamamos a dúo, con gritos y grandes gestos, no se nos vaya a escapar. Justo cuando ella tropieza con un negro grandote de tricota roja, ve por fin nuestro *show* y casi se derrumba. Se pone una mano en la mejilla como diciendo no puede ser. Pero es. Abre la boca para un grito que no sale, y entra corriendo en el Cluny y su bolso descontrolado casi le da en la cabeza a una hippy de lujo. Y nos abraza y nos besa y qué increíble encontrarlos aquí y pensar que estuve a punto de desviarme en la rue des Écoles y no los hubiera visto, todo fue porque recordé que hoy todavía no había comprado *Le Monde* y vine hasta el quiosco de enfrente y además allí pensé que debía buscar un libro de Foucault en *La Hune* y por eso crucé para seguir por Saint-Germain. Nos calmamos de a poco. Los tres. Pero sentáte mujer, qué tomás. Sólo una *Vittel-menthe*. A ver, a ver, de qué hablaban, díganme por favor de qué hablaban, estoy haciendo una encuesta del santiamén. La ponemos al tanto de las geografías. Queda un poco desconcertada, pero ríe. Le voy ganando, dice Bernardo muy orondo, flor de paliza. Con trampas, digo yo. Ella ríe y lo hace estupendamente. Llegó hace tres meses, directamente de allá. La soltaron hace un año pero sólo ahora pudo salir. La pasaste mal eh, dice Bernardo con el ceño fruncido y tan inoportuno como de costumbre. Sí, dice ella, pero por favor de eso no quiero hablar. Es cuando yo irrumpo, salvador. Así que traés noticias frescas, imágenes frescas, postales nuevas, cómo está todo, qué piensa la gente, contá carajo. Y durante media hora (Bernardo pide otro *beaujolais* y yo otro *alsace*, dos extras en homenaje al feliz encuentro) nos dice que la gente está perdiendo el miedo y que la oposición va pasito a pasito ganando su espacio, con sabiduría y sin aventurerismo. Ah, pero creo que ustedes no reconocerían la ciudad. Ese juego de las geografías lo perderían los dos. ¿Por ejemplo? Dieciocho de Julio ya no tiene árboles ¿lo sabían? Ah.

121

De pronto advierto que los árboles de Dieciocho eran importantes, casi decisivos para mí. Es a mí al que han mutilado. Me he quedado sin ramas, sin brazos, sin hojas. Insensiblemente, el juego de las geografías se transforma en una ansiosa indagación. Empezamos a repasar la ciudad, la nuestra, la mía y de Bernardo, con preguntas acuciosas. A Bernardo se le ocurre preguntar por La Platense. Uy, qué antigüedad, dice Delia. La echaron abajo, ahí está ahora el Banco Real, un edificio moderno, bastante lindo, pletórico de cristales. Digo que La Platense cumplió su faena en la nutrida historia de la cursilería vernácula, jamás olvidaré sus vidrieras, con aquellos cuadros chillones, de esmirriados viejitos con gordísimas lágrimas, e indigentes niños de pobreza generosamente reconstruida. Delia interrumpe para decirme que no sea injusto, que en aquellas vidrieras también había lápices y compases y acuarelas y pinceles y pasteles y marcos y cartulinas. Sí, claro. ¿Qué? ¿El teatro Artigas? Sanseacabó, muchachos. Hay una playa de estacionamiento, un *parking* como dicen ahora. Mierda. Bernardo rememora una época de oro en que el Artigas daba buen cine porno, qué otra nostalgia puede esperarse de un tipo que cuenta las ventanas del undécimo piso. Yo en cambio pienso en la noche en que Michelini pronunció allí un discurso. Y también en que mi viejo contaba que en esa sala había bailado Alicia Alonso. ¿Brocqua & Scholberg? *Kaputt.* Hay una oficina del Registro Civil.

¿Y La Mallorquina? ¿La Góndola? ¿Angenscheidt? Tres veces *kaputt*. Además, informa Delia, por todas partes hay andamios de obras suspendidas, o solares con escombros. Son remanentes del *boom* de la construcción, que duró poco, es decir hasta las devaluaciones porteñas en cadena. Ah, el Palacio Salvo: lo están limpiando. Va a quedar blanquito, blanquito. No puedo imaginarme un Palacio Salvo empalidecido, sin aquella conquistada "pátina del tiempo", tan asquerosamente gris, tan conmovedora. Delia se levanta para ir al *toilette* y entonces, viéndola subir la escalera, Bernardo murmura gran tipa, vos tuviste algo con ella, eh. Tiempo pasado, digo. Donde hubo fuego, caricias quedan, dice herniándose el especialista en patas de caballo broncíneo. El está seguro, fuente fidedigna che, de que en la cana la reventaron y la gurisa nada, le hicieron de todo y la gurisa nada. Le pregunto si no ha oído que Delia no quiere hablar de eso. Bueno, yo tampoco. Perdoná, viejo, perdoná, pero los hechos son porfiados, como dijo el que vos sabés. Pues me cago en los hechos y en sus descendientes. Perdoná, viejo, no te sulfures así, yo decía nomás. Delia está de vuelta y su sonrisa sigue alegrando la vida. La verdad es que tiene un aire liviano y optimista, elegante y zumbón, tal como si viniera de una tarde de canasta uruguaya o de una playa mediterránea, y no de la picana transatlántica. Y hablamos un rato más: del plebiscito, de la crisis, del desempleo, de los periódicos clausurados porque osan escribir que no hay libertad de prensa, de la creciente actividad teatral, de los cantantes populares, de cómo se cultiva el arte de la entrelínea, de cómo los públicos pescan todo en el aire. En el mayo luciente de París, y desde la mesita que nos justifica a los tres, el verde esmeralda de la *Vittel-menthe* confirma abusivamente la esperanza. Bernardo se reivindica ante mí cuando dice que infortunadamente debe dejarnos porque a las siete y media Aurora lo espera en Raspail y Boissonnade. Besos mejillones a Delia, abrazotes a mí, y a ver si ahora nos vemos seguido che, dejale tus señas a Roberto, así nos juntamos, falta mucho para que nos pongamos al día y además vas a ser un árbitro ideal para las geografías, y ya sobre el estribo: pórtense bien. Menos mal que introduce esta última joda, así puedo preguntarle enseguida a Delia qué te parece, nos portamos bien o nos portamos mal. Pero Delia me defrauda porque no responde y tengo la impresión de que mira por sobre mi hombro, pero no hacia el río de gente de todo pelaje que va por Saint-Germain, sino hacia el infinito. Y por primera vez su sonrisa (porque a pesar de todo está sonriendo) no me alegra la vida. Es como un gesto retroactivo. Como si le estuviera sonriendo no a alguien sino a algo. Entonces, en una decisión de apuro, me da por filosofar sobre el exilio, hablo de este tema por decir algo, como podría haberme referido a los ecologistas alemanes o a los arenques holandeses. Sin embargo, es suficiente para que ella baje a tierra y ya no sonría a algo sino a alguien, digamos a mí. Su mano está sobre la mesita. Levemente tensa, aunque no crispada. Es el único síntoma de que no se siente en el mejor de los mundos. Qué puedo hacer sino mover mi mano hacia la suya y allí depositarla, simplemente dejarla estar. Me mira con una nueva atención y dice cuánto tiempo eh, cuánto tiempo y cuántas cosas. De pronto le han caído en el rostro como diez años, no con arrugas ni ojeras ni patas de gallo, sino con abatimiento y con tristeza. Y no con una tristeza del instante, provisional, efímera, sino otra incurable, atornillada a los huesos, con raíces en algún enigma que para ella no lo es. Cinco minutos de silencio. Lo poco que digo, lo dice en realidad mi palma sobre sus nudillos. Me temo que no sea una idea feliz, pero de todas maneras propongo: mi covacha está a sólo tres cuadras. Su respuesta afirmativa viene en tres etapas: se peina un poco, toma el bolso y se pone de pie en espera de que yo pague. Otra vez está joven. En realidad, la distancia son seis cuadras y media. En Monsieur Le Prince, para ser exacto. Le hice un descuento para que fuera más fácil. Vamos del brazo, sin hablarnos, pero el contacto rehace una historia. De vez en cuando le vigilo el perfil y compruebo que no mira al infinito sino que al pasar va examinando las vidrieras y los vestidos y los precios y hasta comenta que todavía no se ha habituado a calcular en francos. Todo le parece carísimo o demasiado barato, y nunca acierta. No se asombra, cuando llegamos, de que mi covacha sea tan modesta. No se asombra de que en el casi decenio transcurrido mi *status* siga estancado en el subdesarrollo. Tercer mundo en pleno corazón de París. Mi frase genial merece su condescendiente visto bueno. Y mientras se quita la chaqueta y el pañuelo verde y deposita el bolso sobre un banquito que luce, impúdico, un par de calcetines y una camisa sucia, va examinando los afiches y una foto de mis viejos. Después se sumerge en los libros. Nada de matemáticas, qué desquite, etc. Tampoco ella. Y entonces qué. Historia, sociología, literatura a veces, pero sólo poesía. Yo en cambio economía, ciencias políticas, literatura también pero sólo novela. Ah. Dos horas nos lleva la consideración y ampliación de temas marginales. Qué estamos haciendo, de qué vivimos. Yo de guardias nocturnas en un hotelito de la rue Monge. Ella, de traducciones, todavía clandestinas, porque no tiene residencia. Y otras cuestiones: el carácter de los franceses, los engorros de la documentación, los compatriotas y el *ghetto*, la soledad no es la misma aquí que allá, la nostalgia como detergente, la nostalgia como corrosión, la nostalgia como consuelo. En los cuatro por cinco de superficie caminamos, nos sentamos, me tiendo en el camastro, se recuesta en la pared, miramos por la ventana, nos lavamos las manos, hago café (soy poseedor de una prodigiosa cafetera italiana, regalo de un chileno que regresó a Temuco), miramos fotos, revisamos recortes, nos acariciamos al pasar, nos besamos pero en el pelo. Y de pronto se hace un silencio. Un silencio espeso después de tanta charla transparente. Estoy sentado en el borde del camastro, y ella está cerca, en mi única silla, los codos apoyados en mi renga y apolillada mesa. Entonces la atraigo. Suavemente, como quien recupera un proyecto inconcluso, pero ahora con más tino, más experiencia, más hondura, más ganas de hacerlo realidad. Ella se deja abrazar y hasta diría que me abraza, pero gracias al espejo de mi afeitada cotidiana, puedo ver que de nuevo está mirando al infinito. La aparto con todo el cariño de que dispongo, que es bastante, y le tomo la cara con las manos. Estoy conmovido y sin embargo encuentro fuerzas para preguntarle qué pasa, qué le pasa. Murmura algo en un tono tan quedo que no alcanzo a captar ni una sola palabra. Me toma una mano y la guía lentamente hasta su suéter marrón, en realidad hasta uno de sus pechos bajo la lana peinada. No sé por qué comprendo que aquel gesto no tiene su significado más obvio. Los ojos que me miran están secos. No puede ser, no va a ser, no hay regreso, entendés. Eso es lo que dice. No puede ser, por mí y por vos. Eso es lo que dice. Todos los paisajes cambiaron, en todas partes hay andamios, en todas partes hay escombros. Eso es lo que dice. Mi geografía, Roberto. Mi geografía también ha cambiado. Eso es lo que dice.

Jules y Jim

Fue un sábado de tarde, en plena siesta, cuando sonó la primera llamada. Aun medio aturdido, había alargado el brazo hasta el teléfono, y una voz masculina, ni demasiado grave ni demasiado aguda, había inaugurado el ciclo de amenazas con aquello, después tan repetido, de: hola, Agustín, te vamos a matar, no sabemos si en esta semana o en la próxima, lo único seguro es que te vamos a matar; chau, Agustín. Esa vez la sorpresa no le permitió decir ni hola ni quién habla, pero en la siguiente, también sábado de tarde, logró al menos preguntar por qué, y le respondieron vos bien sabés, no te hagas el imbécil.

Desde entonces se habían acabado para Agustín las siestas sabatinas. Pensó en motivos políticos, comerciales, amorosos. Pero ninguno le proporcionó una pista medianamente fiable. Su actividad política en el '71 se había limitado a los comités de base y había sido por cierto bastante floja. Compartía las preocupaciones y actitudes de aquella linda y despierta muchachada, pero no aguantaba las fervorosas e interminables discusiones hasta la medianoche, de modo que se hacía humo no bien se presentaba una aceptable coyuntura. Es cierto que había aportado su cuota, ayudado en lo que podía, pero nunca se consideró un auténtico militante. Después del golpe, sencillamente se borró.

Por otra parte, su vida comercial no provocaba envidias ni animadversiones. Había pocos empleados en la modesta ferretería que heredara del viejo y nunca había tenido conflictos con su personal. Dos de los empleados vivían también en Pocitos y más de una vez se habían encontrado en las reuniones del comité barrial. Sólo que ellos se quedaban siempre hasta el final de las discusiones, y al día siguiente, en el trabajo, él no se animaba a preguntarles a qué conclusión habían llegado, sencillamente porque nunca le había gustado que la política se introdujera en la ferretería.

En el rubro mujeres, su soltería, que en el filo de los cuarenta se iba volviendo inexpugnable, no le impedía una relación casi estable con una antigua amiga de su hermana (la que ahora vivía en Maldonado, casada con un dentista), cuya atractiva madurez había reencontrado hacía casi cinco años durante un viaje a Buenos Aires. A partir de esa buena y agradable vinculación con Marta, había renunciado a los inestables y a menudo riesgosos mariposeos de años atrás. De manera que tampoco ese sector privado podía ser caldo de cultivo para resentimientos o chantajes.

En el ámbito familiar no había problemas. Toda su parentela, no muy abundante, estaba repartida en ciudades y pueblos del interior: los tíos en Paysandú, la madre en Sarandí del Yi, las dos hermanas y una sobrina en Maldonado. Raras veces bajaban a la capital, y él, por su parte, casi sin darse cuenta, había ido espaciando las visitas.

Al principio no tomó en serio la nueva situación. Se dijo que ya no eran los duros tiempos del '72 o el '73, cuando estas anomalías podían tener causas y pretextos muy diversos y hasta verosímiles. Cabía la posibilidad de que fuese una broma, pero quién de sus pocos amigos podía ser tan pesado como para mantener durante varias semanas un juego así de oscuro. Un chantaje tal vez, pero qué enemigo podía ser tan sádico como para molestarlo de esa manera impúdica y siniestra. Y además, quién podía ignorar que la ferretería daba para vivir y nada más.

Lo cierto es que había decidido no abandonar el apartamento en las tardes de los sábados. Su lema personal, adecuado a las circunstancias, era que al sadismo de los amenazadores él correspondía con su masoquismo de amenazado. Pero semejante tozudez tenía una lógica: si desaparecía los sábados, la previsible respuesta del fantasma agresor consistiría en trasladar la llamada intimidatoria para el martes o el viernes.

Así fue que el mundo empezó a tener otro color y otro ritmo para Agustín. Por las mañanas, cuando concurría a la ferretería, ya no usaba el auto. Aunque desde el comienzo había aceptado que si alguien planeaba acabar con él, las precauciones estaban de más, de todos modos había tomado algunas medidas primarias, elementales. Por ejemplo, viajar en autobús. Caminaba una cuadra y media y tomaba el 121, que rara vez venía repleto, o sea que viajaba cómodo. Le acompañaban sin embargo suficientes pasajeros como para que el supuesto enemigo lo pensara dos veces antes de emprenderla a tiros. Pero ¿por qué precisamente a tiros? Alguien podría terminar con él, por ejemplo, en un ascensor, digamos el de su edificio, entre el segundo y el tercer piso, o quizá viceversa, y como eso tampoco era descartable, empezó a usar el ascensor sólo cuando lo compartía con otros habitantes del inmueble. ¿Y si el autor de las llamadas fuera precisamente un habitante del inmueble? Durante una semana bajó los ocho pisos por la escalera, pero no le fue difícil admitir que, en ciertas horas de poco movimiento, una agresión entre piso y piso podía no ser algo descabellado. De modo que volvió a usar el ascensor.

Carmen, la mujer que tres veces por semana venía a cocinar y a hacer la limpieza, estaba con él desde el '70 y era de absoluta confianza, pero así y todo le hizo discretas preguntas acerca de su ex marido (hace más de un año que no sé nada de él, don Agustín) o de su hermano (se fue a Australia, qué otra cosa iba a hacer el pobre, un obrero especializado como él y aquí con los brazos cruzados). Por un viejo acuerdo, Carmen no venía los sábados ni los domingos, de modo que nunca le había tocado atender una de aquellas llamadas, y Agustín tampoco la había prevenido, tal vez porque pensaba que ella podía asustarse y dejarlo plantado.

Por otra parte, Marta nunca venía al apartamento. Agustín siempre había preferido concurrir al suyo, en el Cordón, y aunque ella le preguntó por qué ahora venía sin el auto, él sólo invocó la suba de la nafta. Después de todo, qué solucionaba transmitiéndole a ella su ansiedad. No obstante, en una relación tan regular y sin rupturas como la de la casi pareja que ellos constituían, cada cuerpo aprende a reconocer los desajustes y tensiones del otro, aunque no medien gestos ni palabras, y eso fue precisamente lo que detectó el lindo cuerpo de Marta. Él mencionó el trabajo, la crisis, los acreedores, las minidevaluaciones, bah. Pero tres días más tarde y por primera vez en cinco años, Agustín fue un fracaso en la cama, y aunque Marta apeló a sus mejores reservas de comprensión y de ternura, él no osó decirle que sus pensamientos frecuentemente andaban lejos de aquel busto y aquel pubis, tan atractivos como de costumbre.

Ir y volver. Vigilar y sentirse vigilado. Se metía a veces en el cine pero no conseguía concentrarse en la película, salvo que ésta se enredase en amenazas y atentados, en crímenes y secuestros. Y cuando ello ocurría, entonces le escapaba al desenlace, no quería saber si la víctima sucumbía o se libraba.

En la ferretería, sólo una vez hubo una llamada sospechosa. Le tocó a Luis, el cajero. Era una voz de hombre, preguntó por usted, don

Agustín, le dije que estaba atendiendo a una clienta, y entonces comentó que no importaba, que lo llamaría como siempre a su casa, el sábado por la tarde, pero no quiso dejar el nombre, me pareció un poco raro. Y él, que no se preocupara, que ya sabía quién era, y el sábado a las tres y media la voz de siempre llamó para decir su estribillo: hola, Agustín, te vamos a matar, no sabemos si en esta semana o en la próxima, lo único seguro es que te vamos a matar; chau, Agustín. Él nunca colgaba en primer término, dejaba que la voz completara su mensaje, pero tampoco hacía preguntas, no quería que el otro lo volviera a apabullar con aquel estrambote, vos bien sabés, no te hagas el imbécil.

En tiempos pretelefónicos (como él los llamaba para sí mismo, con extraña nostalgia), aquellas tardes en que no iba a lo de Marta, llegaba al apartamento, se daba una ducha, se servía un trago, encendía el tocadiscos. En materia de música, había dos cosas que le atraían y le descansaban: los solos de guitarra y las canciones latinoamericanas. Hasta el '72 había escuchado casi diariamente a Viglietti, Los Olimareños, Zitarrosa, Soledad Bravo, Alicia Maguiña, Mercedes Sosa. Después que las cosas se complicaron, los escuchaba menos y siempre con auriculares. No quería que algunos vecinos recientes (los porteños del séptimo, los copetudos del noveno) sacaran conclusiones políticas de sus preferencias musicales. Pero, a partir de las llamadas, no tenía ganas de sentarse a escuchar nada, ni guitarra ni canciones, nada. La ducha sí, el trago también, pero en vez de Narciso Yepes o Víctor Jara, prefería un segundo trago y a veces un tercero.

Hasta aquel martes de tarde en que, al cerrar la ferretería, se encontró por azar con Alfredo Sánchez, no había hablado con nadie de su problema. Durante diez años no había sabido de Sánchez, pero el hecho de encontrarlo y también la satisfacción de que el otro a su vez lo reconociera, lo arrancaron de su habitual discreción. Fueron a un café, charlaron largamente, se pusieron al día. Sánchez había sido su compañero de clase en los tiempos del liceo Rodó, cuando Agustín obtenía notas brillantes y era el orgullo de los profesores y sobre todo de las profesoras, y Sánchez en cambio pasaba de año a duras penas, siempre con alguna previa de contrapeso, pero salvándola al fin, tras pagar el odioso precio de quedarse sin vacaciones para estudiar como un condenado. Agustín siempre había percibido la callada envidia de Sánchez, o tal vez lo que él creía que era envidia o resentimiento y sólo era timidez, retraimiento, cortedad. Agustín le ofrecía ayuda, lo invitaba a que estudiaran y repasaran juntos, pero Sánchez, orgulloso y casi hosco, siempre se negaba. Después, en Preparatorios, como Agustín se decidió por química y Sánchez por abogacía, se habían visto bastante menos y quizá por eso la relación había seguido cauces más normales. Años después, y sin que Agustín recordara si había existido algún motivo concreto, sus vidas se habían bifurcado.

Ahora, cuando repasaban en todos sus detalles los respectivos itinerarios, Agustín registraba una curiosa contradicción y se la decía sin ambages al compañero reencontrado: él, Agustín, el ex brillante, ni siquiera había concluido Preparatorios (a la muerte del viejo, tuvo que hacerse cargo de la ferretería y ya no pudo seguir estudiando, o le dio sencillamente pereza, al ver que su situación económica se normalizaba) y Sánchez, en cambio, el estudiante que parecía mediocre y avanzaba a los tumbos, ahora era abogado, tenía un estudio con dos socios de primera, asesoraba a importantes compañías nacionales y extranjeras, era en fin alguien mucho más encumbrado que el modesto ferretero. Además, Sánchez se había casado, tenía tres hijos, dos niñas y un varón, le mostró las fotos, linda mujer, preciosos chiquilines. Agustín, en cambio, solterón empedernido (no tenía por qué mencionar a Marta) o sea que la soledad lo esperaba, agazapada, implacable y paciente, qué se va a hacer. Y fue después de tanto intercambio, de tanto repaso de antiguos profesores y compañeros de clase (Casenave murió, ¿lo sabías?, y el Pulpo, aquel de Matemáticas, se fue a los Estados Unidos y allí es un capo, y la gordita Moreno se casó con un árbitro de fútbol, quién iba a decir), fue después de tanta amistad recuperada que Agustín abrió las compuertas de la confidencia y por primera vez le narró a alguien su tortura privada. Sánchez le dedicó una atención que Agustín le agradeció en el alma. Y el remate de toda la historia (a esta altura ya no sé qué hacer, estoy desorientado, y además, a vos puedo confesártelo, tengo miedo) halló la sonrisa franca, estimulante, del nuevo Alfredo. Así no podés seguir, qué esperanza, y se quedó un rato pensando, con la mirada fija en la pared. Mirá, si han pasado siete semanas y te siguen llamando y no te ha ocurrido nada, lo más probable es que sea una broma o simplemente ganas de joder. Cuando ocurre una cosa así, uno genera un miedo real, pero también, y es lógico que así suceda, uno inventa otra porción de miedo. Vos que siempre supiste de música: ¿conocés un tango de Eladia Blázquez que habla de los miedos que inventamos? "Los miedos que inventamos / nos acercan a todos". Ah, no estoy de acuerdo. Esos miedos que inventamos son los más peligrosos. De ésos tenés que librarte, y con urgencia, porque los miedos que inventamos son los únicos que nos pueden enloquecer. Agustín, ha sido una suerte que te encontrara, o que me encontraras, porque voy a sacarte del cepo. Este sábado vas a venir conmigo. Siempre paso los fines de semana con la familia en un lindo rancho que tengo en las afueras, casi en el campo. No me gustan las playas, sabés, demasiada gente, demasiado ruido. Yo soy tipo de pastito y no de arena. Precisamente este sábado mi familia no puede ir y no me gusta pasarla solo, así que te venís conmigo y se acabó. Allá tenés libros, música, naipes, cuadros, televisor. Te hace falta un fin de semana sin sobresaltos.

Así quedaron. El sábado, poco después del mediodía, tras bajar la cortina metálica del comercio, fue recogido por Sánchez en un flamante Mercedes. Almorzaron en un boliche medio escondido de la Ciudad Vieja. Nadie lo conoce, dijo Sánchez en tono casi conspirativo, pero aquí se come estupendamente. A Agustín no le pareció tan estupendo, pero valoró el gesto y la invitación. Se sentía bien, por primera vez en varias semanas. Narrarle a Sánchez toda la absurda historia había sido para él casi como haberla traspasado. Se sentía más libre, casi sereno. Menos mal, che, que me topé con vos, ya estaba como para internarme, no sé si en el nosocomio, en el manicomio o en la morgue. No digas pavadas, dijo Sánchez, y él no tuvo más remedio que reírse.

La carretera estaba fatal, o sea como en cualquier tarde de sábado, pero Sánchez no se inmutaba. ¿Qué te gusta ahora en música? ¿Lo clásico? Sí, pero sobre todo guitarra. ¿Y en la canción? Bueno, rioplatenses, latinoamericanas. Ah. ¿Viglietti? ¿Chico? ¿Los Olima? ¿Silvio y Pablo? Sí, todos ésos me gustan. Decíme Agustín: en música vos fuiste siempre medio subversivo. No tanto, che, además ahora es difícil conseguir esos discos. Por supuesto, pero yo los consigo, tengo mis medios, qué te parece.

El rancho no era rancho sino espléndida casa, con jardín y un cerco de troncos, bastante alto. Por los perros, sabés, explicó Sánchez. Los perros. Eran verdaderamente impresionantes.

Ante la presencia del extraño se abalanzaron mostrando su admirable dentadura, pero Sánchez los llamó a sosiego: ¡Jules! ¡Jim! Hay que tener estos bichos, no hay más remedio, ha habido muchos robos y asaltos en la zona, y además aquí estamos demasiado aislados, más vale prevenir. Quien se encargó de adiestrarlos fue mi primo el comisario (eh, no pienses mal) y por eso son una garantía, mejor que todas las armas y las alarmas. Hay un viejo que viene todas las tardes (camina como un quilómetro, pero él dice que le hace bien) a darles de comer. Menos los fines de semana, porque venimos nosotros.

Cuando pasó, no demasiado tranquilo, entre Jules y Jim (es mi modesto homenaje a Truffaut, te acordás de la película, a mí me encantó), Agustín se asombró de su tamaño. ¿Y los tenés siempre sueltos? Claro, encadenados no me servirían. Además, si estamos nosotros aquí, los de la familia, obedecen y no atacan, pero cuando vengo con los botijas y salen a jugar al jardín, entonces sí los ato, por las dudas.

El interior del "rancho" era muy confortable. Sánchez le mostró la habitación que le había destinado y le ofreció ropa liviana, para que se cambiara, bah creo que tenemos el mismo talle, después si hace frío encendemos la estufa. Mientras Sánchez aprontaba los tragos, nada menos que Chivas, Agustín fue revisando los libros, los discos, las casettes. Había para todos los gustos. ¿Quién iba a pensar que aquel botija taciturno, medio lerdo para los números, casi un pichón de hipocondríaco, se iba a convertir con los años en este tipo abierto, enterado, comprensivo, que sabía vivir, y que hasta lo había empezado a curar de su miedo inventado? Mirá, Agustín, con las amenazas pasa como con los perros bravos: si les tenés miedo, se te echan encima. Si en cambio los afrontás con serenidad, entonces te respetan.

Cuando sonó el teléfono, a Agustín casi se le cae el vaso. Sánchez advirtió su sofocón, tranquilo, viejo, aquí no te va a llamar nadie, aunque sea sábado. Él mismo atendió la llamada, escuchó con aire de sorpresa y no te preocupes, salgo enseguida, andá llamando al médico para ganar tiempo. El gesto era más de fastidio que de preocupación. Qué pasa. Nada, nada, anoche el más chico de los pibes tenía un poquito de fiebre pero ahora de golpe le subió a casi cuarenta. Es bastante frágil, sabés, así que cada vez que se enferma mi mujer se muere de susto. Puta qué lástima, tengo que irme.

Voy contigo, dijo Agustín. De ningún modo, vos te quedás aquí, descansando, tranquilo, recuperando fuerzas, leyendo lo que quieras, escuchando guitarra (tengo a Segovia, Julien Bream, Carlevaro, Yepes, Williams, Parkening, podés elegir) o lo que se te antoje. Nadie sabe que viniste, así que nadie te va a llamar. Ahí te queda la heladera, llena de carne, verduras, fruta, bebidas, como para que te alimentes una semana a cuerpo de rey. Pero yo de cualquier manera vengo a buscarte mañana por la tarde, a más tardar.

Eso sí, no salgas al jardín. Por los perros, entendés, te saltarían encima, por eso las ventanas tienen rejas, aquí estarás tranquilo. Te hace falta reposo. Y tranquilidad. Aprovecháte, gaviota.

Sánchez recogió rápidamente el bolso, la boina, el llavero, que al entrar habían quedado sobre una mesa ratona. Antes de salir le dio un semiabrazo. Que no sea nada lo del botija, dijo Agustín. No te preocupes, se pondrá bien, ya conozco esos vaivenes, es más el susto de mi mujer que la fiebre del chico. Pero tengo que ir.

Y, cuando ya salía, me dijiste que te gustan los Olima, ¿no? Mirá, en aquel estante está su última casette. Donde arde el fuego nuestro. Me la mandaron de Barcelona unos amigos. Te la recomiendo, sobre todo la cara B, donde figura Ta' llorando, es para conmover hasta las piedras. Y además es clandestina, así que sos un privilegiado, no te la pierdas.

Cerró la puerta con un golpe seco. Agustín escuchó los ladridos de los perrazos (¡Jules ¡Jim! ¡Quietos! ¡Basta!) y luego el Mercedes que arrancaba. Estaba un poco desconcertado por el inesperado cambio de programa. Así y todo, se dispuso a pasarla lo mejor posible. Pobre Sánchez, con la buena voluntad que había puesto para que él se recuperara. Se quedó saboreando y terminando el segundo Chivas y mirando uno a uno los cuadros. En realidad eran reproducciones (Miró, Torres García, Pollock, Chagall) pero excelentes. Había que hacer balance. De pronto toma una decisión. Si llega a librarse de los miedos inventados y, por supuesto, también de los reales, se casará con Marta.

Lo sobresaltó un ruido en la ventana y distinguió, tras las rejas, las cabezas impresionantes de Jules y Jim. No ladraban, simplemente lo miraban con fijeza, como asegurando un objetivo. Evidentemente, esos mastines no eran un símbolo de hospitalidad, así que empezó a mirar los discos y las casettes. Qué estúpido, no le había pedido a Sánchez el número de su teléfono en la ciudad, para llamarlo más tarde y preguntarle cómo sigue el botija. Así y todo, aunque con vestigios de recelo, se acercó al teléfono y levantó el tubo. La línea estaba muerta. Se ve que con la última llamada se estropeó. Mejor, así estoy seguro de que el de los sábados no llama. Otra vez las casettes. Eligió una de Segovia y también la de Los Olimareños que le recomendara Sánchez. Colocó la del guitarrista y oprimió la tecla *play*.

Con la cajita en una mano y el vaso en la otra, fue siguiendo el repertorio mientras escuchaba: Fantasía, Suite, Homenaje ante la tumba de Debussy, Variaciones sobre un tema de Mozart. La guitarra sonaba cálida y acogedora en aquel ambiente que, de tan impecable, parecía virgen de ocupantes. Aprovechó aquella paz (sólo perturbada por la visión de Jules y Jim en la ventana) para examinar el desasosiego de sus últimos y penúltimos sábados. Mañana, cuando Sánchez venga a buscarlo, le diré que, gracias a él, ya se siente libre de Los Miedos Que Inventamos. Sólo le queda el Miedo Real, pero ahora sí tiene la impresión de que éste es menos grave, más gobernable. La guitarra concluye grave y melancólica y el aparato se frena automáticamente. Retira la casette de Segovia y pone la de Los Olimareños (se fija bien que sea la cara B) pero antes de oprimir de nuevo la tecla *play*, se sirve otro Chivas y toma un trago largo. Es cómodo y simpático el ranchito, jajá, del amigo Sánchez, del amigazo Alfredo Sánchez. Carajo, estoy borracho, se dice al advertir que la enorme estantería va perdiendo nitidez, entremezclando sus colores. ¿Cómo será ese Ta' llorando? Oprime por fin la tecla, hay un espacio de zumbante silencio, y luego el formidable equipo estereofónico se limita a decir: hola, Agustín, te vamos a matar, no sabemos si en esta semana o en la próxima, lo único seguro es que te vamos a matar; chau, Agustín.

Puentes como liebres

iremos, yo, tus ojos y yo, mientras descansas,
bajo los tersos párpados vacíos,
a cazar puentes, puentes como liebres,
por los campos del tiempo que vivimos.
PEDRO SALINAS

I

Había oído mencionar su nombre, pero la primera vez que la vi fue un rato antes de subir al vapor de la carrera. Mis viejos y mis hermanas habían venido a despedirme y estaban algo conmovidos, no porque viajara a Buenos Aires a pasar una semana con mis primos sino porque a mis dieciséis años nunca había ido solo "al extranjero".

Ella también estaba en la dársena pero en otro grupo, creo que con su madre y con su abuela. Fue entonces que mamá le dijo discretamente a mi hermana mayor: "Qué linda se ha puesto la hija de Eugenia Carrasco. Pensar que hace dos años era sólo una gurisa." Mamá tenía razón: yo no podía saber cómo lucía dos años atrás la hija de Eugenia, pero ahora en cambio era una maravilla. Delgada, con el pelo rojizo sujeto en la nuca con un moño, tenía unos rasgos delicados que me parecieron casi etéreos y en el primer momento atribuí esa visión a la neblina. Luego pude comprobar que, con niebla o sin niebla, ella era así.

Al igual que yo, viajaba sola. Poco después, ya con el barco en movimiento, nos cruzamos en un pasillo y me miró como reconociéndome. Dijo: "¿Vos sos el hijo de Clara?", exactamente cuando yo preguntaba: "¿Vos sos la hija de Eugenia?". Nos avergonzamos al unísono, pero fue más cómodo soltar la risa. Tomé nota de que, cuando reía, podía ser una pícara que se hacía la inocente, o viceversa.

Inmediatamente cambié mi rumbo por el suyo. Iba pensando proponerle que cenáramos juntos y ensayaba mentalmente la frase cuando nos encontramos con el restaurante, así que se lo dije. "Y mirá que tengo plata". Me gustó que aceptara de entrada, sin recurrir al filtro de negativas e insistencias tan usado por los adultos en los años treinta.

"Ah, pero somos algo más que el hijo de Clara y la hija de Eugenia, ¿no te parece? Yo me llamo Celina." "Y yo Leonel". El mozo del restaurante nos tomó por hermanos. "Qué aventura", dijo ella. Estuve por decir *aventura incestuosa*, pero pensé que iba demasiado rápido. Entonces ella dijo "aventura incestuosa" y no tuve más remedio que ruborizarme. Ella también pero por solidaridad, estoy seguro.

Me preguntó si sabía en qué estaba pensando. Qué iba a saber. "Bueno, estoy pensando en la cara que pondría mi abuela si supiera que estoy cenando con un muchacho". Albricias: el muchacho era yo. Y el mozo que me preguntaba si iba a pedir el menú económico. Por supuesto. Y el mozo que preguntaba si mi hermanita también. Y ella que sí, claro, "por algo somos inseparables". Se fue el mozo y dije: "Ojalá". "Ojalá qué". Me di cuenta de que había conseguido desorientarla. "Ojalá fuéramos inseparables".

Ella entendió que era algo así como una declaración de amor. Y era.

Cuando estábamos terminando la crema aurora, me preguntó por qué había dicho eso, y estaba seria y lindísima. Yo no estaba lindísimo pero sí estaba serio cuando imaginé que la mejor respuesta era enviarle mi mano por entre el tenedor y las copas, pero ella: "Ay no, acordáte que somos hermanitos". Hay que ver los problemas que tenían los chicos, allá por 1937, en los preámbulos del amor. Era como si todos, las madres, las tías, las madrinas, las abuelas, los siglos en fin, nos estuvieran contemplando. Entonces, con las manos muy quietas pero crispadas, le contesté por fin que le había dicho eso porque me gustaba, nada más. Y ella: "Me gusta cómo decís que te gusto". Ah, pero a mí me gustaba que a ella le gustara cómo decía yo que me gustaba. Sí, ya sé, qué pavadas. Pero a nosotros nos sonaban como clarinadas de genio, de esas que aparecen en los diccionarios de frases famosas.

Cuando estábamos en el churrasco ella dijo que hasta ahora no se había enamorado, pero quién sabe. "Además, sólo tengo quince años". Y yo dieciséis. Pero quién sabe. Y desplegaba su sonrisa. Comparada con la suya, la de la Gioconda era una pobre mueca. Debo agregar que, a pesar de sus rasgos etéreos, demostró un apetito voraz. Del churrasco no quedaron ni huellas. Yo por lo menos dejé una papa, nada más que para que el mozo no pensara que éramos unos muertos de hambre.

En el postre nos contamos las vidas. En su clase había quien le tenía ojeriza porque era la única que obtenía sobresalientes en matemáticas. "A mí también me entusiasman las matemáticas", exclamé radiante y hasta me lo creí, pero sólo era una mentira autopiadosa, ya que entonces las odiaba y todavía hoy me dura el rencor. Sus padres estaban separados, pero lo había asimilado bien. "Era mucho peor cuando estaban juntos y se insultaban a diario". Lamenté profundamente que mis padres no se hubieran divorciado, más bien estaban contentos de estar juntos. Lo lamenté porque habría sido otra coincidencia, pero la verdad es que no me atreví a modificar de ese modo la historia. "Leonel, no lo lamentes, es mucho mejor que se lleven bien, así se ocupan menos de vos. Si viven agraviándose, se quedan con una inquina espantosa y después se desquitan con uno."

Tomamos café, que estaba recalentado, casi diría que repugnante, pero sin embargo nos desveló. Al menos ni ella ni yo teníamos ganas de volver a nuestros respectivos camarotes. Celina compartía el suyo con dos viejas; yo, con tres futbolistas. Menos mal que la noche estaba espléndida. Aquí ya no había niebla y la Vía Láctea era emocionante. Estuvimos un rato mirando el agua, que golpeaba y golpeaba, pero hacía frío y decidimos sentarnos adentro, en un sofá enorme. Ella se puso un saquito porque estaba temblando, y yo, para trasmitirle un poco de calor, apoyé mi largo brazo sobre sus hombros encogidos. El ruido del agua, el olor salitroso que nos envolvía y los pasillos totalmente desiertos, creaban un ambiente que me pareció cinematográfico. Era como si actuáramos dentro de una película. Nosotros, la pareja central.

Estuvimos callados como media hora, pero los cuerpos se contaban historias, hacían proyectos, no querían separarse. Cuando apoyó la cabeza en mi hombro, yo balbuceé: "Celina". Movió apenas el cabello rojizo, sin mirarme, a modo de saludo. Un largo rato después, cuando yo creía que estaba dormida, dijo despacito: "Pero quién sabe".

II

La segunda vez fue siete años más tarde. Me había quedado solo en Montevideo. Toda la familia estaba en Paysandú, con mis tíos. Yo no había podido acompañarlos porque había dejado de estudiar y trabajaba en una empresa importadora. El gerente era un inglés insoportable: o sea que estaba totalmente descartado el que yo pidiera una semana libre. El *leitmotiv* de su puta vida eran los repuestos para automóviles, que constituían el principal renglón de la empresa. Hablaba de pistones, pernos, válvulas de admisión y de escape, aros, cintas de freno, bujías, etc., con una fruición casi sibarítica. Reconozco que también hablaba de golf y los sábados siempre aparecía con los benditos palos, porque al mediodía, cuando cerrábamos, se iba con el hijo al Club, en Punta Carretas, y allí se hacían la farrita.

Era un mediocre, un torpón, y sin embargo autoritario, enquistado en un gesto definitivamente agrio que también incluía al hijo, que era flaquísimo y curiosamente se llamaba Gordon. Al viejo sólo lo vi hacer bromas y reírse en falsete cuando venía de inspección, cada tres meses, el director general, un yanqui retacón de cogote morado, nada torpe por cierto que no jugaba al golf ni entendía demasiado de pernos y bujes, pero que vigilaba el negocio como un sabueso y en el fondo despreciaba profundamente a aquel británico de medio pelo y ambición chiquita. Reconozco que esos matices los advierto ahora, a varios lustros de distancia, pero en aquel entonces no hacía distingos: odiaba a ambos por igual.

Mi trabajo era múltiple. Vendía accesorios en el mostrador, atendía la caja, cotejaba cada factura con la mercadería correspondiente (se habían detectado varias evasiones de pistones) y en los ratos libres, o en horas extras, el gerente me llamaba para dictarme cartas que yo tomaba taquigráficamente. Ocho o nueve horas en ese ritmo me dejaban aturdido y fatigado. De más está decir que no era un trabajo esplendoroso.

Esa tarde estaba en el mostrador midiendo unos pernos que pedía un mecánico, cuando se hizo un silencio. Eso siempre ocurría en las escasas ocasiones en que entraba al comercio una mujer joven. Nuestros artículos no eran especialmente atractivos para el público femenino. Sin embargo, además de los accesorios para automóviles vendíamos linóleo, motores fuera de borda y cajas de herramientas, y dos o tres veces al año entraba alguna dama a pedir precios en cualquiera de esos rubros, aclarando siempre que se trataba de un regalo o de un encargo.

Yo seguí con los pernos, discutiendo además con el mecánico, que juraba y perjuraba que no eran para un Ford V8, como yo le decía. Al fin pude convencerlo con argumentos irrebatibles y pagó su compra con cara de derrotado. Levanté los ojos y era Celina. Al principio no la reconocí. Se había convertido en una mujercita de primera. Ya no era etérea, pero irradiaba una seguridad y un aplomo que impresionaban. Además, no era exactamente linda sino hermosa. Y yo, con las manos sucias del aceite de los pernos, no salía de mi estupor.

"Pero, Leonel, ¿qué hacés entre tantos fierros?". Lo sentí como un agravio personal: para ella todos aquellos carísimos accesorios que proporcionaban pingües ganancias a la empresa, eran sólo fierros. "¿Y vos? ¿Venís a comprar alguno?" No, simplemente se había enterado de que yo trabajaba allí y se le ocurrió saludarme. ¿Dónde se había metido desde aquella vez? Nunca más había sabido de ella. Hasta las mujeres de mi familia le habían perdido el rastro. "Estuve en Estados Unidos, en realidad todavía vivo allí, pero la historia es larga, no querrás que te la cuente aquí." De ninguna manera, y menos ahora que el inglés ha empezado a pasearse con las manos atrás, y yo conozco ese preludio. Así que quedamos en encontrarnos esta noche. ¿Dónde? En mi casa, en la suya, en un café, donde quiera. "Tiene que ser hoy, ¿sabés?, porque mañana me voy de nuevo". Y el gerente, en vez de disfrutar de aquellas piernas que se alejaban taconeando, me miró con su severidad despreciativa y colonizadora. Por las dudas, escondí mi nariz en una caja de arandelas.

Vino a mi casa y yo no había tenido tiempo de decirle que estaba solo. Ahora pienso que tal vez no se lo habría dicho aunque hubiese tenido tiempo. El proyecto era tomar unos tragos e irnos a cenar, pero al llegar me dio un abrazo tan cálido, tan acompañado de otras sustentaciones y recados, que nos quedamos allí nomás, en un sofá que se parecía un poco al del barco, sólo que esta vez no apoyó su cabeza en mi hombro y además no temblaba sino que parecía inmune, segura, ilesa.

Con siete años de incomunicación, tuvimos que contarnos otra vez las vidas. Sí, se había ido a los Estados Unidos, enviada por la familia. Estaba estudiando psicología, quería concluir su carrera y luego regresar. No, no le gustaba aquello. Tenía amigos inteligentes, pródigos, entretenidos, pero observaba en la conducta de los norteamericanos un doble nivel, un juego en duplicado: y esto en la amistad, en el sexo, en los negocios. Herencia del puritanismo, tal vez. Todos tenemos una dosis más o menos normal de hipocresía, pero ella nunca la había visto convertida en un rasgo nacional.

No podía conformarse con que yo estuviera vendiendo accesorios de automóviles. "¿No lo hago bien?". "Claro que lo hacés bien, ya vi cómo convenciste a aquel mecánico tan turro. Se ve que sos un experto en fierros. Pero estoy segura de que podés hacer algo mejor. ¿No te gustaban tanto las matemáticas?" "Nada de eso, aquella noche lo dije para que tuviéramos un territorio común. Además estoy seguro de que, si hubieras estado junto a mí, al final me habrían gustado, pero desapareciste, y mañana te vas."

Se va y no puedo creerlo. Por primera vez tomo conciencia de mi desamparo, por primera vez me digo, y se lo digo, que con ella puedo ser mucho y que sin ella no seré nada. Responde que sin mí ella tampoco será nada, pero que no hay que obligar al azar. "Ves como nos separamos y él viene y nos junta. Quién puede saber lo que vendrá. A lo mejor yo me caso, y vos también, por tu lado. No hay que prometer nada porque las promesas son horribles ataduras, y cuando uno se siente amarrado tiende a liberarse, eso es fatal."

Era lindo escucharla, pero era mejor sentirla tan cerca. En ese momento me pareció que ella también tenía un doble nivel, pero sin hipocresía. Quiero decir que mientras desarrollaba todo ese razonamiento tan abierto al futuro, sus ojos me decían que la abrazara, que la besara, que iniciara por fin los trámites básicos de nuestro deseo. Y cómo podía negarle lo que esos ojos tan tiernos y elocuentes me pedían. La abracé, la besé. Sus labios eran una caricia necesaria, cómo podía haber vivido hasta ahora sin ellos. De pronto nos separamos, nos contemplamos y coincidimos en que el momento había llegado. Pero cuando yo alargaba mi mano hasta su escote, casi dibujando por anticipado el ademán de ir abriendo el paraíso, en ese instante llegó el ruido de la cerradura en la puerta de abajo.

"Mis padres" dije, "pero si iban a regresar mañana". No eran mis padres sino mi hermana mayor. "Hola, Marta, qué pasó". Mamá se había sentido mal, por eso ella venía a buscarme. Le pregunté si era algo serio y dijo que probablemente sí, que papá estaba con ella en el sanatorio. "Perdón, con la sorpresa omití presentarte a Celina Carrasco. Ésta es Marta, mi hermana." "Ah, no sabía que se conocían. ¿Pero no estabas en el extranjero?" "Sí, vive en los Estados Unidos y regresa mañana". "Bueno", dijo Celina con la mayor naturalidad, "ya me iba, todavía tengo que hacer las valijas, ya saben lo que es eso. Espero que no sea nada serio lo de tu mamá." "Gracias y buen viaje", dijo Marta.

III

El azar estuvo esta vez muy remolón, ya que la ocasión siguiente sólo apareció en 1965. Yo ya no trabajaba entre los *fierros*. Unos meses después de la muerte de mamá, el viejo me llamó muy solemnemente y me comunicó que su propósito era hacer cuatro porciones con el dinero y los pocos bienes que tenía: él se quedaría con una, y las otras tres serían para mí y mis dos hermanas. Me indigné, traté de convencerlo: que él todavía era joven, que podía necesitar ese dinero, que nosotros teníamos nuestros ingresos, etc., pero se mantuvo. Le alcanzaba perfectamente con la jubilación y en cambio para nosotros ese dinero podía ser la base para algún buen proyecto. Y que concretamente en mi caso ya estaba bien de vender válvulas y cintas de freno. Y que no se admitían correcciones a la voluntad paterna.

Así fue. Marta se buscó una socia y abrió una *boutique* en la calle Mercedes; mi hermana menor, Adela, menos emprendedora, simplemente invirtió la suma en bonos hipotecarios; por mi parte, dije adiós sin preaviso al gerente golfista y su mal humor e instalé (viejo sueño) una galería de arte. Le puse un nombre obviamente artístico: La Paleta. Algunos amigos quedaron desconsolados con mi escasa imaginación, pero yo, cuando venía por Convención y contemplaba desde lejos el letrero Galería La Paleta, me sentía casi ufano.

Ah, me olvidaba de algo importante: en 1950 me había casado. Creo que tomé la decisión cuando supe, por un pintor uruguayo residente en Nueva York, que Celina se había casado en los Estados Unidos con un arquitecto venezolano. Mi mujer, Norma, trabajaba en un Banco y de noche era actriz de un teatro independiente. Tuvo algunos buenos papeles y los aprovechó. Yo iba siempre a los estrenos y en compensación ella venía a La Paleta cuando se inauguraba una muestra. Pero debo reconocer que nos veíamos poco.

En una ocasión (creo que era una obra de autor italiano) Norma debía aparecer desnuda tras una mampara no transparente sino traslúcida. Digamos que no se veía pero se veía. La noche del estreno me sentí ridículo por dos razones: la primera, que una platea repleta presenciara (ay, en mi presencia) y aplaudiera el lindo cuerpo de mi mujer, y la segunda: si éramos civilizados no podía ser que yo me sintiera mal, y sin embargo me sentía. Ergo, era un producto de la barbarie. Después de esa autocrítica, me divorcié.

No pude sin embargo contarle esa historia a Celina porque si bien vino al cóctel de La Paleta (se inauguraba la muestra retrospectiva de Evaristo Dávila), lo hizo acompañada de su arquitecto venezolano quien para colmo se interesaba abusivamente por la pintura y no sólo me hizo poner una tarjeta de *adquirido* bajo dos lindas acuarelas de Dávila (eran más baratas que los óleos) sino que se prometió y me prometió venir nuevamente por la galería antes de emprender regreso a Los Ángeles, y todo ello "porque a esta altura del partido, los cuadros son la mejor inversión".

Celina me acribilló a preguntas. Sabía que me había casado, pero cuando me preguntó por mi mujer ("Ya sé que es encantadora, ¿tenés hijos?, de qué se ocupa, se llama Norma ¿no?") se quedó con la boca abierta cuando le dije que nos habíamos divorciado. Emergió como pudo de aquel bache, sobre todo porque el arquitecto frunció el ceño y ella no tuvo más remedio que dedicarse a elogiar la galería. "¿Viste como yo tenía razón? Era un crimen que estuvieras enterrado en aquella empresa espantosa, con aquel gerente tan desagradable. Supe que tu mamá había fallecido, pero no habrá sido precisamente aquella noche en que llegó tu hermana, ¿verdad?" Sí, había sido precisamente aquella noche.

Me dije que seguía siendo muy atractiva pero que sin embargo había perdido un poco, no demasiado, de su frescura, y eso se advertía sobre todo en su risa, que ya no estaba a medio camino entre la inocencia y la picardía, sino que era primordialmente sociable. Me dije todo eso, pero a ella en cambio le aseguré que se la veía muy rozagante. Me pareció que el arquitecto esbozaba una sonrisa de comisuras irónicas, pero quizá fue un falso indicio. Seguían viviendo en Estados Unidos, pero querían mudarse a San Francisco. "Es la única ciudad norteamericana que soporto, debe ser porque tiene cafés y no sólo cafeterías y te podés quedar sentado durante horas junto a una ventana leyendo el diario con un solo exprés". Por fortuna el arquitecto se encontró con un viejo amigo, el abrazo fue entusiasta y los palmoteos en las respectivas nucas sirvieron de prólogo a un aparte íntimo en el que presumiblemente se pusieron al día. Yo aproveché para mirarla a los ojos y hacerle una pregunta que evidentemente ella había tratado de frenar mediante aquella superflua animación: "¿Cómo estás realmente?". Cerró los ojos durante unos segundos y cuando los abrió era la Celina de siempre, aunque más apagada. "Mal", dijo.

IV

A la hora convenida, ya no recuerdo cuál era, la gente había aparecido simultáneamente desde las calles laterales, desde los autos estacionados, desde las tiendas, desde las oficinas, desde los ascensores, desde los cafés, desde las galerías, desde el pasado, desde la historia, desde la rabia. Ya hacía dos semanas que, como respuesta al golpe militar, la central de trabajadores había aplicado la medida que tenía prevista para esa situación anómala: una huelga general.

Mientras caminaba, como los otros miles, por Dieciocho, pensé que a lo mejor era sólo un sueño. Todo había sido tan vertiginoso y colectivo. Además la gente se movía como en los sueños, casi ingrávida y sin embargo radiante. Cada uno tenía conciencia de los riesgos y también de que participaba en un atrevido pulso comunitario, casi un jadeo popular. Era como respirar audiblemente, osadamente, con mis pulmones y los de todos. Nunca sentí, ni antes ni después de aquel lunes 9 de julio del '73, un impulso así, una sensación tan nítida y envolvente de a dónde iba y a qué pertenecía. Nos mirábamos y no precisábamos decirnos nada: todos estábamos en lo mismo. Nos sentíamos estafados pero a la vez orgullosos de haber detectado y denunciado al estafador. Creíamos que nadie podría con nosotros, así, desarmados e inermes como andábamos, pero sin la menor vacilación en cuanto a desembarazarnos de esos alucinantes invasores que nos apuntaban, nos despreciaban, nos temían, nos arrinconaban, nos condenaban. Y cuanto más terreno ganaba la tensión, cuanto más rápido era el paso de hombres y mujeres, de muchachos y muchachas, tanto más verosímil nos parecía ese remolino de libertad.

Recuerdo que en los balcones había mucho público, como si fuéramos los protagonistas de una parada antimilitar. De pronto me acordé: alguna vez había estado en uno de esos balcones, cuando había pasado el general De Gaulle bajo un terrible aguacero, chorreante y enhiesto como el obelisco de la Concorde. Y también recordé cómo bullía la avenida allá por el '50, cuando contra todos los vaticinios la selección uruguaya le había ganado a la brasileña en la final de Maracaná. Y más atrás, cuando la reconquista de París en la segunda guerra. Por la avenida siempre había pasado el aluvión.

Y ahora también. Uno se cruzaba con el amigo o el vecino y apenas le tocaba el brazo, para qué más. No había que distraerse, no había que perder un solo detalle. También nos cruzábamos con desconocidos y a partir de ese encuentro éramos conocidos, recordaríamos esa cara no para siempre, claro, pero al menos hasta la madrugada, porque nuestras retinas eran como archivos, queríamos absorber esa entelequia, queríamos concretarla en transeúntes de carne y hueso. Nada de abstracciones, por favor. Los labios apretados eran conscientes y reales; las sonrisas del prójimo, sucintas y ciertas. La calle avanzaba incontenible, con sus vidrieras y balcones; la calle articulaba, en inquietante silencio, su voluntad más profunda, su dignidad más dura. Los obreros, esos que pocas veces bajan al centro porque la fábrica los arroja al hogar con un cansancio aletargante, aprovechaban a mirar con inevitable novelería aquel mundo de oficinistas, dependientes, cajeras, que hoy se aliaba con ellos y empujaba. No había saña, ni siquiera rencor, sólo una convicción profunda, y hasta ahí no llegaba lo planificado. Las convicciones no se organizan; simplemente iluminan, abren

160

rumbos. Son un rumor, pero un rumor confirmado que sube del suelo como un seísmo.

Y así, como un rumor, como un murmullo que venía en ondas, empezó a oírse el himno, desajustado, furioso y conmovedor como nunca. Cuando unos silabeaban *y que heroicos sabremos cumplir*, otros, más lentos o minuciosos, estaban aún estancados en *el voto que el alma pronuncia*. Pero fue más adelante, en el *tiranos temblad*, o sea en pleno bramido con destinatarios, cuando la vi, a diez metros apenas, cantando ella también como una poseída. Y en esta cuarta vez, además del lógico sacudimiento, sentí también un poco de recelo, un amago casi indiscernible de desconcierto, la sospecha de haberme quedado no sólo lejos de su vida, como siempre había estado, sino fuera de su mundo y fuera también de su belleza, que aun a sus cincuenta (en octubre cumpliría cincuenta y uno) seguía siendo persuasiva; fuera de sus noticias, de su vida cotidiana, de sus ideas, y fuera también de este entusiasmo atronador en que estábamos envueltos, porque no lo habíamos alcanzado juntos sino cada uno por su lado, coleccionando destrozos y solidaridades. Sin embargo, de una cosa no me cabía duda: era la única mujer que realmente me había importado y aún me importaba. Hacía algunos meses, cuando había vendido La Paleta y abierto una librería de viejo en el Cordón (los amigos esta vez me convencieron de que no la llamara *Tomo y lomo*, como había sido mi intención, sino sencillamente *Los cielitos)*, un cliente me dijo al pasar que el arquitecto Trejo y su mujer pensaban regresar de San Francisco para quedarse en Montevideo. En qué momento. Dejé pasar unas semanas y cuando estaba averiguando sus nuevas señas, vino el golpe y no sólo ese propósito sino todos los propósitos quedaron aplazados. El país entero quedó aplazado.

Y ahora ella estaba allí. La veía y enseguida la perdía de vista. A veces distinguía su tapado azul, o su cabeza que ya no era roja, pero de nuevo la perdía. Y así avanzaba, procurando no dar codazos porque en aquella muchedumbre no había enemigos. Pero ella, que no me había visto, también se movía y no precisamente hacia mí. Fue entonces que hubo un aaah de alerta, que fue creciendo, y luego gritos y corridas y gente que tropezaba y caía, porque la represión había empezado y sonaban disparos y tableteos y había humo y palos y yo queriendo verla, intentaba correr hacia ella, pero en la confusión las distancias variaban de minuto en minuto y ya era bastante la furia que se descargaba sobre nosotros y había que escapar, tiranos temblad, quizá el temblor era ese tableteo, y todo seguía aconteciendo en un nivel onírico, sólo que esos uniformados no eran ingrávidos y el sueño se había convertido en pesadilla.

V

La quinta vez fue en Atocha, antes de que tomáramos el tren nocturno que iba a Andalucía, un domingo de octubre de 1981. Yo llevaba cinco años viviendo en Madrid, como tercera escala del exilio. Dos días después de aquel imborrable 9 de julio, fueron a buscarme a casa de Norma, mi ex mujer, quien tuvo el buen tino de decirles que, aunque estábamos separados, tenía la impresión de que yo había viajado al extranjero. ¿Dónde? "Ni idea, él siempre viaja mucho y lógicamente, dada nuestra actual situación, no se molesta en comunicármelo". Buena actriz, por suerte. Y yo, un sedentario congénito, tuve que irme a hurtadillas. Pero aun así, antes de cruzar la frontera, escondido en casa de amigos por tres o cuatro días, pude averiguar que Celina había sido detenida. También su hijo. Me aseguraron que el arquitecto no salía de su estupor, y que era un estupor con doble llave.

Primero estuve en Porto Alegre, luego en París, por fin en Madrid, donde no me fue fácil conseguir trabajo. Durante seis meses viví de lo poco que me mandaban mis hermanas, pero esa ayuda me provocaba (resabios de machismo, claro) una incomodidad casi a flor de piel. Me sentía un *gigoló* de mis propias hermanas, y eso, en mi marco de pequeño burgués progresista, era un escándalo. Por suerte, un buen grabador mexicano a quien yo conocía desde tiempo atrás porque había expuesto sus litografías en La Paleta, me presentó a la propietaria de una rimbombante galería del barrio de Salamanca, habló maravillas de mi conocimiento del ramo y como resultado empecé a trabajar. La dueña, una noruega veterana y buena tipa, pese a que no creyó una sola palabra del panegírico, se mostró dispuesta a sacarme del pozo. Más tarde se fue convenciendo de que yo podía serle de utilidad y empezó a mandarme a provincias a fin de que descubriera jóvenes promesas. Reconozco que descubrí varias, y doña Sigrid, como yo la llamaba, me fue tomando confianza.

Esta vez me enteré rápidamente de la presencia de Celina en Madrid. Había pasado tres años en la cárcel, acusada de servir de correo internacional, al servicio de actividades "subversivas". La habían tratado mal, pero no tan mal como a otras mujeres, casi todas mucho más jóvenes, que cayeron en aquellas jornadas de espanto. Por un lado su edad (cuando fue detenida tenía 52 y al salir 55) y sus maneras dignas y seguras que establecían una inevitable distancia con aquellos omnipotentes en bruto, y por otro sus vinculaciones con medios diplomáticos y políticos, hicieron que los militares le guardaran cierta consideración, aunque ésta siempre estuviera ligada a algo que para ellos constituía un enigma: por qué una dama culta, de buena familia, de aspecto impecable, de hábitos refinados, había arriesgado su confort, su libertad y hasta su matrimonio, comprometiéndose en una tarea loca, irresponsable, y para ellos sobre todo delictiva. Como en el fondo querían ser suaves con ella (aunque por supuesto sin hacerse acreedores a ningún tirón de orejas, ni de galones) fabricaron para sí mismos una explicación que les pareció verosímil: el hijo había estado metido hasta el pescuezo en faenas conspirativas y ella simplemente le había dado una mano. Una vez que la motivación adquirió un tinte maternal, y por ende familiar, occidental y cristiano, ya estuvieron en condiciones de tolerar su propia tolerancia. Hubo, es cierto, un suboficial que en un interrogatorio especialmente duro, frente a los altivos desplantes de la detenida perdió la compostura y la abofeteó varias veces, partiéndole el labio y dejándole un ojo tumefacto, pero también es cierto que el impulsivo fue sancionado. Celina (todo lo fui sabiendo de a poco, por amigos comunes) se sentía, en medio de todo, una privilegiada, ya que luego compartió su celda con varias muchachas que estaban literalmente reventadas. En cuanto a su hijo, sólo pudieron probarle una mínima parte de la pirámide de acusaciones, pero a él sí lo torturaron con delectación y estuvo cuatro meses en el Hospital Militar. Cumplió su condena de cinco años y luego lo deportaron. Ahora vivía con su mujer en Gotemburgo.

Para Celina esos años fueron decisivos. La prisión había cortado su vida en dos, y la libertad la había esperado con una pródiga canasta de problemas. En primer término, su matrimonio. La falta de solidaridad demostrada por el arquitecto (siempre había sido un hombre estrechamente vinculado a las transnacionales) había liquidado la convivencia conyugal, ya seriamente deteriorada en el momento de la detención. Fueron seis meses de discusiones interminables y por fin Celina decidió romper una unión que había durado nada menos que treinta años. Cuando todo estaba resuelto y habían por lo menos llegado al acuerdo de iniciar el divorcio una vez que Trejo regresara de un corto viaje a su paraíso norteño, el proyecto tuvo una brusca e imprevista modificación, ya que el arquitecto sufrió un síncope en el aeropuerto Kennedy, exactamente cuando los altavoces llamaban para su vuelo de Pan American. Mientras el hijo siguió en el penal, Celina permaneció en Montevideo, a pesar de que el muchacho, en cada visita, le pedía que se fuera: "Yo sé por qué te lo digo. Andate vieja". Pero la vieja sólo hizo sus bártulos cuando él le telefoneó desde Estocolmo que había llegado bien.

Precisamente, Celina venía ahora de Suecia, donde había pasado un mes con el hijo y la nuera. Su proyecto era estar dos meses en España y luego decidiría. Su situación económica le daba cierta seguridad, y aunque ayudaba frecuentemente al hijo, no pasaba dificultades.

Cuando la localicé por teléfono, gritó "Leonel" antes de que le aclarara quién la llamaba. Teníamos que vernos, claro, pero le dije que el domingo yo debía partir por tren nocturno hacia Andalucía y le propuse que me acompañara, así aprovechábamos el viaje a Huelva y Málaga y Granada para contarnos una vez más quiénes éramos. Hubo veinte segundos de silencio que me parecieron media hora y por fin dijo que bueno. Yo me encargaría de los billetes y de reservar los compartimientos, individuales y de primera por supuesto. ¿De acuerdo? De acuerdo. Imaginé que estaría sonriendo y que aún ahora la Gioconda saldría perdidosa.

La noche del domingo llegué a Atocha media hora antes de lo convenido. Ella en cambio apareció con veinte minutos de atraso. Desde lejos venía pidiendo perdón, perdón, y lo siguió diciendo ya muy quedo junto a mi oído cuando nos abrazamos. No había tiempo para ternuras, de modo que fuimos casi corriendo hasta el andén y por el andén hasta el final, donde estaba nuestro vagón. En realidad subimos dos minutos antes de que el convoy comenzara a moverse. Un tipo bastante amable nos acompañó hasta nuestras respectivas cabinas individuales, tal vez un poco extrañado de que no tuviéramos una doble.

Dejamos el equipaje y los abrigos y sólo entonces tuvimos tiempo de mirarnos. "En marzo voy a ser abuela", fue lo primero que me dijo. Algo así como un alerta. "Ah, yo no. Para no correr ese riesgo espantoso, tomé la precaución de no tener hijos." Nos volvimos a mirar, pero indirectamente, gracias al cristal de la ventanilla.

"Leonel, ¿será que por fin estaremos tranquilos vos y yo?" "Querida, has cometido tu primer error: yo no estoy tranquilo". Tomé su mano y la conduje hasta ese reloj llamado cuore. El mío, claro. "Falluto, es por la corrida. A tus años. Mirá que no quiero chantajes cardiovasculares." Mi desilusión debió notarse porque apartó la mano del reloj y la pasó por mi pelo. "Quiero empezar por un comunicado oficial", dijo, "he llegado a la conclusión de que te quiero". "¿Y cuándo fue eso?" "En la cárcel. Una noche me di varias veces la cabeza contra el muro. Por estúpida. Hace siglos que te quiero." "¿Y entonces por qué desaparecías y te ibas a los Estados Unidos y te casabas y todas esas cosas horribles?". "Yo también podría preguntarte por qué te quedabas y te desgastabas entre los fierros y llegaba de improviso tu hermana y te casabas y te divorciabas y todas esas cosas horribles". Sí, era cierto. En algún momento deberé darme la cabeza contra el muro.

Fuimos a cenar al vagón restaurante, pero no había ni crema aurora ni churrasco, así que tuvo que ser jamón de York y trucha a la almendra. "¿No te parece que desperdiciamos la vida?". "También hubo cosas buenas. Pero si te referís a la vida nuestra, a la vida vos-y-yo, estoy de acuerdo, la desaprovechamos." Avancé la mano, como en el vapor de la carrera, por entre las copas y el tenedor, y ella la aceptó: "Aquí no somos hermanitos". Tuve la impresión de que recordábamos todas nuestras frases (después de todo, no eran tantas) pronunciadas desde 1937 hasta ahora. Glosé otro versículo: "Tampoco somos inseparables". "¿Te parece que no? Fíjate que siempre volvemos a encontrarnos." Venía el camarero, traía y llevaba platos, vino, agua mineral, postres, café, y no sentíamos vergüenza de que nos sorprendiera mirándonos, y no como rutina, sino así, encandilados.

Pagamos, volvimos al vagón, estuvimos un rato en el pasillo vigilando las luces que llegaban, nos cruzaban y se iban. Le rodeé los hombros y ella recostó la cabeza. Como por ensalmo, los cuerpos empezaron a contarse historias, a hacer proyectos. No querían separarse. "Mañana en el hotel podríamos tener una habitación doble", dije. "Podríamos".

De pronto me apretó el brazo, no dijo nada y se metió en su cabina. Me quedé un rato más en el pasillo, luego entré en la mía. Me quité la ropa, me puse el pijama, me lavé los dientes, bebí un vaso de agua. Sin demasiada convicción saqué de mi maletín los cuentos de Salinger que pensaba leer. Pero antes de acostarme toqué suavemente con los nudillos en la puerta doble que separaba los compartimientos.

Del otro lado también hubo nudillos y algo más. El cerrojo de la segunda puerta sonó duro, decidido. También descorrí el de mi lado. Nunca se me había ocurrido que si dos pasajeros se ponen de acuerdo en abrir la puerta doble, las cabinas pueden comunicarse.

Celina. Ya no es pelirroja ni delgadita ni sus rasgos etéreos han de confundirse con la niebla. También yo soy otra imagen. No preciso buscarme en el espejo desalentador. Sé que dos fiordos anuncian una calvicie que ni siquiera es prematura. Tengo un poco de barriga, vello blanco en el pecho, manos con las inconfundibles manchas del tiempo.

Ella apaga la luz, pero a veces algún foco atraviesa las estrías de la persiana y nuestros cuerpos aparecen, pero con barrotes de sombra, casi como dos cebras, esos pobres animales que jamás están desnudos. Nosotros sí. Nunca habíamos tenido nuestras desnudeces. Es un descubrimiento. Los besos del goce, las lenguas del apremio, los vellos contiguos por fin se reconocen, se piden, se inquieren, se responden.

Es incómodo hacer el amor en un ferrocarril, pero mucho más incómodo es no hacerlo. El jadeo del tren se funde con el nuestro, es un compás como el de un barco. Fuera el viento golpea como hace tantos años golpeaba el río como mar, y en realidad es mi adolescencia la que penetra alborozada en los quince años de mi único amor.

de DESPISTES Y FRANQUEZAS
(1989)

La sirena viuda

A partir de 1980, yo había estado varias veces en Copenhague y siempre había cumplido con el rito de rendir homenaje a la legendaria sirenita de Eriksen. Debo reconocer, sin embargo, que sólo en esta última ocasión me pareció advertir en su rostro, y hasta en su postura, una casi imperceptible expresión de viudez.

Cierta noche, estimulado tal vez por varias jarras de Carlsberg, me atreví a mencionar el tema ante varios amigos latinoamericanos, verdaderamente expertos en exilios daneses. Por las dudas, y a fin de que no me creyeran más borracho de lo que estaba, traté de darle al comentario un ligero tono de autoburla, pero, para mi sorpresa, todos se pusieron serios y uno de ellos, un santafecino llamado Alfredo, dijo lentamente, como si estuviera midiendo las sílabas: "No se trata de que sólo tenga expresión de viuda; en realidad, es viuda".

Ahí nomás se me pasó la borrachera, y entonces fue Julio, exiliado chileno, quien tomó la palabra: "El protagonista de esta historia es compatriota mío. Aunque te parezca mentira, fue Pinochet quien lo empujó hacia la sirenita. Des-

173

pués de soportar castigos y humillaciones en cárceles chilenas, Rodrigo, natural de Concepción, recaló en Copenhague. No habían transcurrido veinticuatro horas desde su llegada (antes aún de cumplir el primero de los trámites complementarios para confirmar su estatuto de exiliado), cuando ya estaba perdidamente enamorado de la sirenita. Fue un amor a primera vista, aunque, eso sí, rodeado de imposibles, como ocurre, después de todo, siempre que alguien se enamora de un personaje inalcanzable y célebre. Digamos, de Catherine Deneuve, Ana Belén, Sonia Braga. O también de la sirenita de Copenhague. Es claro que Rodrigo tenía sus rarezas, pero tú, que hasta no hace mucho también fuiste exiliado, bien sabes que en el exilio lo raro es apenas un matiz de lo normal. Por otra parte, Rodrigo hablaba pocas veces de su pasión recién estrenada.

"Simplemente, reservaba alguna hora de su jornada para contemplar a la sirenita, como una forma de comprobar que en sí mismo iba creciendo un amor, tan desacostumbrado como indestructible. Además, cuando se enteró de que la sirenita, en lejanos y cercanos pretéritos, había sufrido escarnios, castigos y hasta mutilaciones, halló en ese pasado una nueva zona de afinidad con su propia y escarmentada historia. Así hasta que un día resolvió transformar lo imposible en verosímil. Estábamos en pleno invierno (aquí es una estación realmente inhóspita) pero a él no le pareció justo postergar su proyecto hasta la primavera. Por razones obvias, eligió las horas de la madrugada: no quería arriesgarse a que se formara un corrillo de curiosos (incluido algún indiscreto policía) y que decenas o centenares de ojos mancillaran su más gloriosa intimidad. Eran las tres y cuarto de un domingo de enero cuando Rodrigo llegó hasta el objeto de su amor. Ella estaba como siempre, inocentemente desnuda, y Rodrigo pensó que no era lícito que él permaneciera miserablemente vestido. De manera que, a pesar de los 12 grados bajo cero, se fue despojando, una por una, de todas sus prendas, que quedaron dobladas y en orden junto a sus pies descalzos y ateridos. Ahora sí estaban en igualdad de condiciones su amada y él. Castigados, desnudos, estremecidos. A esa altura, Rodrigo debe haber apretado sus dientes para que no castañetearan y por fin debe haber abrazado tiernamente a su sirena, en el tramo más feliz de su nueva existencia. Que fue breve, claro, porque allí lo hallaron, horas después, dulcemente yerto, sin nueva vida y también sin vida vieja. Y es por eso ¿entiendes? que la pobre sirenita tiene esa cara de viuda que le has visto. Más aún, te diré que desde entonces ha pasado a ser una de los nuestros. Una exiliada más, inmóvil junto al mar, que sueña con la vuelta."

El hombre que aprendió a ladrar

A Tito Monterroso
este agradecido complemento de
"El perro que deseaba ser un ser humano".

Lo cierto es que fueron años de arduo y pragmático aprendizaje, con lapsos de desaliento en los que estuvo a punto de desistir. Pero al fin triunfó la perseverancia y Raimundo aprendió a ladrar. No a imitar ladridos, como suelen hacer algunos chistosos o que se creen tales, sino verdaderamente a ladrar. ¿Qué lo había impulsado a ese adiestramiento? Ante sus amigos se autoflagelaba con humor: "La verdad es que ladro por no llorar". Sin embargo, la razón más valedera era su amor casi franciscano hacia sus hermanos perros. Amor es comunicación. ¿Cómo amar entonces sin comunicarse?

Para Raimundo representó un día de gloria cuando su ladrido fue por fin comprendido por Leo su hermano perro, y (algo más extraordinario aún) él comprendió el ladrido de Leo. A partir de ese día Raimundo y Leo se tendían, por lo general en los atardeceres, bajo la glorieta, y dialogaban sobre temas generales. A pesar de su amor por los hermanos perros, Raimundo nunca había imaginado que Leo tuviera una tan sagaz visión del mundo.

Por fin, una tarde se animó a preguntarle, en varios sobrios ladridos: "Dime, Leo, con toda franqueza: ¿qué opinas de mi forma de ladrar?". La respuesta de Leo fue escueta y sincera: "Yo diría que lo haces bastante bien, pero tendrás que mejorar. Cuando ladras, todavía se te nota el acento humano".

El sexo de los ángeles

Una de las más lamentables carencias de información que han padecido los hombres y mujeres de todas las épocas, se relaciona con el sexo de los ángeles. El dato, nunca confirmado, de que los ángeles no hacen el amor, quizá signifique que no lo hacen de la misma manera que los mortales.

Otra versión, tampoco confirmada pero más verosímil, sugiere que si bien los ángeles no hacen el amor con sus cuerpos (por la mera razón de que carecen de los mismos) lo celebran en cambio con palabras, vale decir con las adecuadas.

Así, cada vez que Ángel y Ángela se encuentran en el cruce de dos transparencias, empiezan por mirarse, seducirse y tentarse mediante el intercambio de miradas que, por supuesto, son angelicales.

Y si Ángel, para abrir el fuego, dice: "Semilla", Ángela, para atizarlo, responde: "Surco". Él dice: "Alud", y ella, tiernamente: "Abismo".

Las palabras se cruzan, vertiginosas como meteoritos o acariciantes como copos.

Ángel dice: "Madero". Y Ángela: "Caverna".

Aletean por ahí un Ángel de la Guarda, misógino y silente, y un ángel de la Muerte, viudo y tenebroso. Pero el par amatorio no se interrumpe, sigue silabeando su amor.

Él dice: "Manantial". Y ella: "Cuenca".

Las sílabas se impregnan de rocío y, aquí y allá, entre cristales de nieve, circulan el aire y su expectativa.

Ángel dice: "Estoque", y Ángela, radiante: "Herida". Él dice: "Tañido", y ella: "Rebato".

Y en el preciso instante del orgasmo ultraterreno, los cirros y los cúmulos, los estratos y nimbos, se estremecen, tremolan, estallan, y el amor de los ángeles llueve copiosamente sobre el mundo.

Su amor no era sencillo

Los detuvieron por atentado al pudor. Y nadie les creyó cuando el hombre y la mujer trataron de explicarse. En realidad, su amor no era sencillo. Él padecía claustrofobia, y ella, agorafobia. Era sólo por eso que fornicaban en los umbrales.

Mucho gusto

Se habían encontrado en la barra de un bar, cada uno frente a una jarra de cerveza, y habían empezado a conversar, al principio, como es lo normal, sobre el tiempo y la crisis, luego de temas varios y no siempre racionalmente encadenados.

Al parecer el flaco era escritor; el otro, un señor cualquiera. No bien supo que el flaco era literato, el señor cualquiera empezó a elogiar la condición de artista, eso que llamaba "el sencillo privilegio de poder escribir".

"No crea que es algo tan estupendo", dijo el flaco. "También hay momentos de profundo desamparo, en los que uno llega a la conclusión de que todo lo que ha escrito es una basura. Probablemente no lo sea, pero uno así lo cree. Mire, sin ir más lejos, no hace mucho junté todos mis inéditos (o sea el trabajo de varios años), llamé a mi mejor amigo y le dije: 'Mira, esto no sirve, pero comprenderás que para mí es demasiado doloroso destruirlo. Así que hazme un favor: quémalo. Júrame que lo vas a quemar.' Y me lo juró."

El señor cualquiera quedó muy impresionado ante aquel gesto autocrítico, pero no se atrevió a hacer ningún comentario. Tras un buen rato de silencio, se rascó la nuca y empinó la jarra de cerveza. "Oiga don", dijo sin pestañear. "Hace rato que hablamos y ni siquiera nos hemos presentado. Mi nombre es Ernesto Chávez, viajante de comercio." Y le tendió la mano.

"Mucho gusto", dijo el otro, oprimiéndola con sus dedos huesudos. "Franz Kafka, para servirle."

Un boliviano con salida al mar

Nunca he podido confirmarlo, pero dicen que en plena guerra de las Malvinas le preguntaron a Borges qué solución se le ocurría para el conflicto, y él, con su sorna metafísica de siempre, respondió: "Creo que Argentina y Gran Bretaña tendrían que ponerse de acuerdo y adjudicar las Malvinas a Bolivia, para que este país logre por fin su salida al mar".

En realidad, la ironía de Borges (siempre que la cita sea verdadera) se basaba en una obsesión que está presente en todo boliviano, ese alguien que siempre parece estar acechando el horizonte en busca del esquivo mar que le fue negado. Tiene el Titicaca, por supuesto, pero el enorme lago sólo le sirve para que crezca su frustración, ya que en vez de conducirlo a otros mundos, sólo lo conduce a sí mismo.

De todas maneras, cuando algún boliviano llega al mar, aunque éste sea ajeno, siempre se trata de un blanco, nunca de un indio. Hubo un indio, sin embargo, nacido junto a las minas de Oruro, que por un extraño azar pudo alcanzar el mar prohibido.

Debió ser un niño simpático y bien dispuesto, ya que una dama paceña, que estaba de paso en Oruro y pertenecía a una familia acaudalada, lo vio casualmente y se lo trajo a la capital, allá por los años cincuenta. Rebautizado como Gualberto Aniceto Morales, aprendió a leer y aprendió a servir. Y tan bien lo hizo, que cuando sus patrones viajaron a Europa, lo llevaron consigo, no precisamente para ampliar su horizonte sino para que los auxiliara en menesteres domésticos.

Así fue que el muchacho (que para ese entonces ya había cumplido quince años) pudo ir coleccionando en su memoria imágenes de mar: desde la tibieza verde del Mediterráneo hasta los golfos helados del Báltico. Cuando al cabo de un año sus protectores regresaron, Gualberto Aniceto pidió que lo dejaran viajar a su pueblo para ver a su familia.

Allí, en su pobreza de origen, en la humilde y despojada querencia, ante la mirada atónita y el silencio compacto de los suyos, el viajero fue informando larga y pormenorizadamente sobre farallones, olas, delfines, astilleros, mareas, peces voladores, buques cisternas, muelles de pescadores, faros que parpadean, tiburones, gaviotas, enormes trasatlánticos.

No obstante, llegó una noche en que se quedó sin recuerdos y calló. Pero los suyos no suspendieron su expectativa y siguieron mirándolo, esperando, arracimados sobre el piso de tierra y con las mejillas hinchadas por la coca.

Desde el fondo del recinto llegó la voz del abuelo, todavía inexorable, a pesar de sus pulmones carcomidos: "¿Y qué más?".

Gualberto Aniceto sintió que no podía defraudarlos. Sabía por experiencia que la nostalgia del mar no tiene fin. Y fue entonces, sólo entonces que empezó a hablar de las sirenas.

Lingüistas

Tras la cerrada ovación que puso término a la sesión plenaria del Congreso Internacional de Lingüística y Afines, la hermosa taquígrafa recogió sus lápices y papeles y se dirigió hacia la salida abriéndose paso entre un centenar de lingüistas, filólogos, semiólogos, críticos estructuralistas y desconstruccionistas, todos los cuales siguieron su garboso desplazamiento con una admiración rayana en la glosemática.

De pronto las diversas acuñaciones cerebrales adquirieron vigencia fónica:

—¡Qué sintagma!
—¡Qué polisemia!
—¡Qué significante!
—¡Qué diacronía!
—¡Qué *exemplar ceterorum*!
—¡Qué *Zungenspitze*!
—¡Qué morfema!

La hermosa taquígrafa desfiló impertérrita y adusta entre aquella selva de fonemas.

Sólo se la vio sonreír, halagada y tal vez vulnerable, cuando el joven ordenanza, antes de abrirle la puerta, murmuró casi en su oído: "Cosita linda".

Maison Lucrèce

Oiga, che —me dijo Medardo Robles, a eso de las dos de la madrugada, en el Café y Bar La Redoblona, mientras empinaba despacito su quinto o sexto espinillar—, ¿por qué no escribe un cuento sobre las putas de mi pueblo? Hasta le doy el título: Las cortesanas de San Pascual. ¿Qué le parece? Ojalá tuviera yo ese don para tentar personalmente la empresa. Mire, viejo, estoy tan seguro de que nunca lo escribiré, que le voy a regalar los datos esenciales. Tómelo como una prueba de amistad, que en estos tiempos no es poca cosa. Usted sabe que yo soy del Litoral, de un pueblo ni grande ni chico, ni representativo ni insignificante, pero sí muy especial: San Pascual, más bien conservador y bastante ilustrado. Fíjese que un profesor de liceo (porque tenemos liceo, qué se cree) consagró varios años de su fecunda vida a coleccionar nombres de escritores oriundos de San Pascual y encontró nada menos que quince poetas y nueve prosistas. Por supuesto, todos terminaron yéndose a Montevideo. Ahora bien, yo creo que un caso como el de nuestras hetairas (¿vio qué fino?) sólo pudo darse en San Pascual, ya que es un pueblo que siempre tuvo su cultura propia y nunca necesitó que los sabihondos de la capital vinieran con sus cháchara patriarcales a enseñarles atajos o recovecos artísticos. Allí la gente escucha en silencio y por lo común no hace preguntas. Claro que cuando las hace, el conferenciante empieza a tartamudear. Recuerdo aquella vez que nos visitó un poeta de corbata jaspeada y camisa rosa y disertó largamente en el Club Social sobre El Infierno del Dante y la estructura de la violencia. Había pedido un pizarrón y allí escribió, antes de empezar la conferencia: Umano, Spoglia, Rinnova, agregando que ésos eran los tres estados del alma, correspondientes al infierno, el purgatorio y el paraíso. Y luego, tras una hora de sesudas explicaciones, concluyó diciendo que el gran personaje dantesco era Francesca de Rimini, a la que definió como Primera Mujer del Mundo Moderno. Tras los discretos aplausos de rigor, se ofreció a contestar preguntas del auditorio. Y entonces el pelado Freirías dijo que él no tenía preguntas pero sí un par de observaciones: *a)* que en el primer estado del alma, escrito en el pizarrón, *umano*, faltaba la hache; *b)* que, en su modesta opinión, la Primera Mujer del Mundo Moderno no era esa tal Francesca sino Doña Luisa (propuesta recibida con una salva de aplausos), que había parido diecisiete veces y todos sus hijos estaban vivos y trabajaban en San Pascual, y *c)* que estaba dispuesto a escuchar los argumentos del disertante en defensa de la tal Francesca y luego él expresaría los suyos en apoyo de Doña Luisa. Después de aclarar que había puesto *umano* sin hache porque así se escribe en italiano, el pobre conferenciante trató de evadirse aclarando que la opinión sobre Francesca de Rimini en realidad pertenecía al destacado crítico y polígrafo italiano Francesco de Sanctis, pero el pelado Freirías le preguntó amablemente por qué entonces la había dado como propia. O sea que Doña Luisa ganó por abandono. Le cuento esto simplemente para que usted asimile que a la gente de San Pascual no era posible intimidarla con erudiciones varias. En todo caso, respetaba la sabiduría, pero sólo cuando ésta era expresada con modestia. Entrando ahora en nuestro tema, empiezo por señalarle que en las afueras del pueblo estaba (y sigue estando) la que entonces era la única casa de dos plantas, que, con su lindo cartel Maison Lucrèce, anunciaba la presencia de un burdel con caracteres propios. Su fundación se remontaba al año 1919, cuando Madame Lucrèce había recalado en nuestro país como una misteriosa secuencia de la primera Guerra Mundial, imponiendo desde el vamos a sus pupilas un estilo pluralista, casi ecuménico, que fue mantenido por la Maison aún después de la muerte de su fundadora, acaecida en 1939, curiosamente dos días antes de que la Wehrmacht invadiera Polonia. O sea que aquella ilustrada embajadora de Eros (así la llamó en cierta ocasión el diputado Inclán) cubrió casi exactamente nuestro período de entreguerras. Su norma básica era: Debéis entender, señoras mías, que éste no ha de ser un lugar de perdición sino de hallazgo. Es fundamental que aquí se sientan cómodos, y hasta felices, desde el boticario hasta el juez de paz, desde el estanciero hasta el comisario, desde el rematador hasta el cura párroco. Fue Madame Lucrèce la que trajo consigo la cultura. Cada una de las muchachas tenía su bibliotequita en su aposento de trabajo, y en los espacios libres, es decir cuando todavía no habían llegado los huéspedes consuetudinarios o ya habían abandonado aquel lugar de sano esparcimiento, Madame Lucrèce celebraba con sus pupilas verdaderas mesas redondas sobre temas directa o vagamente culturales. Usted se estará preguntando cómo una mujer de esa categoría había elegido, para un menester en el que evidentemente era experta, venir a enterrarse en un oscuro villorrio de un país de sexo tan frugal como el nuestro. Le confieso que yo se lo pregunté, al final de una noche en que habíamos intercambiado criterios sobre Schopenhauer, las presuntas bases científicas del simbolismo y las influencias que pudo tener en Freud el método catártico de Brener. Y su tajante y reveladora respuesta fue que, en la esfera tan inestable de la sexualidad marginal, siempre había preferido la rústica candidez a la pericia metropolitana, y en ese sentido los suburbios de lo rural, más aún que lo rural propiamente dicho, le parecían el medio más apto para llevar a la práctica su cismática hipótesis.

Y aquí quiero agregarle otro detalle: en San Pascual todos nos hemos tratado siempre de usted. Lo atribuyo a una extraña admiración por el mundo anglosajón, donde el tuteo no existe o a lo sumo lo reservan para chamuyarle a Dios. Pues bien, como una señal inequívoca de la capacidad de adaptación de Madame Lucrèce, le diré que en la Maison nadie tuteaba a nadie, y menos aún lo trataba de vos. Esa norma establecía un peculiar estilo en las relaciones humanas, tanto en las vestidas como en las en cueros. Otro detalle era que las chicas, mientras llevaban a cabo la ceremonia erótica, se dedicaban también a la lectura. Recuerdo que mi sorpresa fue mayúscula cuando, reciente acólito de aquella cofradía, me encontré con que Augusta, mi elegida inaugural, hojeaba con interés un ejemplar de las *Selecciones del Reader's Digest* mientras yo trataba de demostrar mi hombría. Después supe que las demás juzgaban que Augusta no tenía una buena formación. Hasta para un burdel, el *Reader's Digest* significaba poca cosa. Con el tiempo fui conociendo los gustos de las demás. Renata dejaba que uno le hiciera el amor mientras ella leía Fortunata y Jacinta; Maruja se dedicaba a Romain Rolland; Colette admiraba (chocolate por la noticia) a Colette; Brunildita, a Thomas Mann. Quizás a usted le parezca extraño, pero hoy puedo confesarle que nunca, a todo lo largo de mi agitado currículum, pude alcanzar un orgasmo tan refinado, enriquecedor y sabroso, como cuando cumplí mi calistenia erótica en la Maison Lucrèce con una puta esplendorosa, de carnes tibias y labios como dagas, que se llamaba Ondine: mientras con la mano izquierda demostraba un increíble conocimiento de la piel masculina y de la hiperestesia de sus mínimos poros, con la derecha iba pasando morosamente las páginas de las *Confesiones* de San Agustín. ¿Qué le parece? Bueno, confío en haberle asesorado con esmero. Le di el tema, el ambiente, la singularidad de aquel quilombo de órdago, los rasgos asombrosos de su fundadora. Ahora sólo le falta hacer el cuento, pero no me va a negar que eso es lo más fácil. Sólo un detalle más. ¿Le parece mucho atrevimiento si le pido que, cuando lo escriba, se lo dedique a este humilde servidor? Para darme dique, ¿sabe?, con las chicas actuales. Admito que de vez en cuando todavía me alcanzan el ánimo y las hormonas para darme una pasadita por San Pascual, y por supuesto les hago la visita de rigor. Lamentablemente, ahora leen a Bukowski. Comprenderá usted que no es lo mismo. Quién va a comparar los rudimentos venéreos de Bukowski con el erotismo culposo de las *Confesiones*, en especial el de aquellos trozos en que el célebre obispo y doctor de la Iglesia nos transmite el cenagal de su concupiscencia y la inquietud tenebrosa del amor impuro *(sic)*. Quién va a comparar, ¿eh? Y ya termino. A modo de estrambote de este soneto costumbrista, le regalo una verdad como un puño: hay que ser un santo si se quiere alcanzar de veras la lujuria.

Triángulo isósceles

El abogado Arsenio Portales y la ex actriz Fanny Araluce llevaban doce apacibles años de casados. Desde el comienzo, él le había exigido a Fanny que dejara la escena. Al parecer, no era tan liberal como para tolerar que noche a noche su linda mujer fuera abrazada y besada por otros.

A ella le había costado mucho aceptar esa exigencia, que le parecía absurda, machista y carente de un mínimo sentido profesional. "Por otra parte", había agregado él como justificación a posteriori, "no creo que tengas las imprescindibles condiciones para triunfar en teatro. Sos demasiado transparente. En cada uno de tus personajes siempre estás vos, precisamente allí donde debería estar el personaje. Demasiado transparente. El verdadero actor debe ser opaco como ser humano; sólo así podrá ser otro, convertirse en otro. Por más que te vistas de Ofelia, Electra o Mariana Pineda, siempre serás Fanny Araluce. No niego que tengas un temperamento artístico, pero deberías encauzarlo más bien hacia la pintura o las letras. Es decir, hacia la práctica de un arte en el que la transparencia constituya una virtud y no un defecto". Fanny lo dejaba exponer su teoría, pero en realidad él nunca la había convencido. Si había renunciado a ser actriz, era por amor. Él no lo entendía ni lo valoraba así. Sin embargo, en la vida cotidiana, privada, Fanny era ordenada, sobria, casi una perfecta ama de casa.

Probablemente demasiado perfecta para el doctor Portales. En los últimos dos años, el abogado había mantenido otra relación, tan clandestina como estable, con una mujer apasionada, carnal, contradictoria, y, por si todo eso fuera poco, particularmente atractiva.

Como lugar adecuado para esos encuentros, Portales alquiló un apartamento a sólo ocho cuadras de su casa. Había sido minucioso en la organización de su cándido pretexto: por borrosos motivos profesionales debía viajar semanalmente a Buenos Aires. Como sólo estaba ausente las noches de los martes, le recomendaba a Fanny que no le telefoneara, pero, por si las moscas, le había dado el teléfono de un colega porteño, que tenía instrucciones precisas: "¿Arsenio? Fue a una reunión que creo se va a prolongar hasta muy tarde." Fanny nunca llamó.

Ella, que conocía como nadie las necesidades y manías de su marido, se encargaba de aprontarle el pequeño maletín y le llamaba el taxi. Portales se bajaba ocho cuadras más allá, subía al apartamento clandestino, se ponía cómodo, aprontaba los tragos, encendía el televisor; a la espera de Raquel, que, como también era casada, debía aguardar a que su marido emprendiera su inspección semanal a la estancia. En realidad, si se veían los martes había sido por complacer a Raquel, pues ése era el día que el hacendado había elegido para atender sus campos. "Y para dejarnos el campo libre", bromeaba Arsenio.

Cuando por fin llegaba Raquel, cenaban en casa, ya que no podían arriesgarse a que los vieran juntos en un cine o en un restaurante. Luego hacían el amor de una manera traviesa, juvenil, alegre, casi como si fueran dos adolescentes. Cada martes Portales se sentía revivir. Cada miércoles le costaba un poco regresar a las buenas costumbres del hogar lícito, genuino, sistemático.

Para la vuelta, no sabía bien por qué, exageraba las precauciones. Llamaba un taxi, hacía que lo dejara en el aeropuerto de Carrasco; después de un rato, tomaba otro taxi para regresar a su casa. Dentro de esa rutina, Fanny cumplía con interesarse en cómo le había ido, y entonces él inventaba con esmero los pormenores de las aburridas sesiones de trabajo con sus clientes bonaerenses, dejando siempre constancia, eso sí, de lo bueno que era estar de vuelta en casa.

Llegó por fin el martes en que se cumplían dos años de la furtiva y estimulante relación con Raquel, y Portales consiguió un collar de pequeños mosaicos florentinos. Se lo había hecho traer desde Italia por un cliente, éste sí verdadero, que le debía algunos favores. Instalado en su lindo y confortable bulín, Portales puso el champán en la heladera, aprontó las copas, se acomodó en la mecedora, y se puso a esperar, más impaciente que otras veces, a Raquel.

Ésta llegó más tarde que de costumbre. Su demora estaba justificada, ya que también ella, en vista del aniversario subrepticio, había ido a comprar su regalito: una corbata de seda, con franjas azules sobre fondo gris. Fue entonces que Arsenio Portales le dio el estuche con el collar. A ella le encantó. "Voy un momento al baño, así veo cómo me queda", dijo, y como anticipo de otros tributos, lo besó con ternura y calidez. Como era natural, él consideró ese beso como un presagio de una noche gloriosa.

Sin embargo, Raquel demoraba en el baño y él empezó a inquietarse. Se levantó, se arrimó a la puerta cerrada y preguntó: "¿Qué tal? ¿Te sentís bien?". "Estupendamente bien", dijo ella. "Enseguida estoy contigo".

Ya sin preocupación, aunque igualmente ansioso por la expectativa, Portales volvió a sentarse en la mecedora. Cinco minutos después la puerta del baño se abría, mas, para sorpresa del hombre a la espera, no para dar paso a Raquel sino a Fanny Araluce, su mujer, que lucía el collar florentino.

Portales, estupefacto, sólo atinó a exclamar: "¡Fanny! ¿Qué hacés aquí?" "¿Aquí?", subrayó ella. "Pues, lo de todos los martes, querido. Venir a verte, acostarme contigo, quererte y ser querida." Y como Arsenio seguía con la boca abierta, Fanny agregó: "Arsenio, soy Fanny y también Raquel. En casa soy tu mujer, Fanny A. de Portales, pero aquí soy la ex actriz Fanny Araluce. O sea que en casa soy transparente y aquí soy opaca, ayudada por el maquillaje, las pelucas y un buen libreto, claro".

"Raquel", balbuceó Arsenio Portales.

"Sí: Raquel. ¿Te das cuenta? Me has traicionado conmigo misma. Ahora, tras dos años de vida doble, tenés que elegir. O te divorciás de mí, o te casás conmigo. No estoy dispuesta a seguir tolerando esta ambigüedad. Y algo más: después de este éxito dramático, después de dos años con esta obra en cartel, te anuncio solemnemente que vuelvo al teatro."

"Tu voz", murmuró Arsenio. "Algo extraño había en tu voz. Pero ni siquiera el color de tus ojos es el mismo."

"Claro que no. ¿Para que existen las lentes de contacto verdes? Siempre te oí decir que te encandilaban las morochas de ojos verdes."

"Tu piel. Tu piel tampoco era la misma."

"Ah no, querido, lamento decepcionarte. Aquí y allá mi piel siempre ha sido la misma. Sólo tus manos eran otras. Tus manos me inventaban otra piel. Al fin de cuentas, ni yo misma sé ahora cuál es mi piel verdadera: si la de Fanny o la de Raquel. Tus manos tienen la palabra."

Portales cerró los puños, más desorientado que furioso, más abatido que iracundo.

"Me has engañado", dijo con voz ronca.

"Por supuesto", dijo Fanny/Raquel.

Pacto de sangre

A esta altura ya nadie me nombra por mi nombre: Octavio. Todos me llaman abuelo. Incluida mi propia hija. Cuando uno tiene, como yo, ochenta y cuatro años, qué más puede pedir. No pido nada. Fui y sigo siendo orgulloso. Sin embargo, hace ya algunos años que me he acostumbrado a estar en la mecedora o en la cama. No hablo. Los demás creen que no puedo hablar, incluso el médico lo cree. Pero yo puedo hablar. Hablo por la noche, monologo, naturalmente que en voz muy baja, para que no me oigan. Hablo nada más que para asegurarme de que puedo. Total, ¿para qué? Afortunadamente, puedo ir al baño por mí mismo, sin ayuda. Esos siete pasos que me separan del lavabo o del inodoro, aún puedo darlos. Ducharme no. Eso no podría hacerlo sin ayuda, pero para mi higiene general viene una vez por semana (me gustaría que fuese más frecuente, pero al parecer sale muy caro) el enfermero y me baña en la cama. No lo hace mal. Lo dejo hacer, qué más remedio. Es más cómodo y además tiene una técnica excelente. Cuando al final me pasa una toalla húmeda y fría por los testículos, siento que eso me hace bien, salvo en pleno invierno. Me hace bien, aunque, claro, ya nadie puede resucitar al muerto. A veces, cuando voy al baño, miro en el espejo mis vergüenzas y nunca mejor aplicado el término. Mis vergüenzas. Unas barbas de chivo, eso son. Pero confieso que la toalla fría del enfermero hace que me sienta mejor. Es lo más parecido al "baño vital" que me recomendó un naturista hace unos sesenta años. Era (él, no yo) un viejito, flaco y totalmente canoso, con una mirada pálida pero sabihonda y una voz neutra y sin embargo afable. Me hizo sentar frente a él, me dio un vistazo que no duró más de un minuto, y de inmediato empezó a escribir a máquina, una vieja Remington que parecía un tranvía. Era mi ficha de nuevo paciente. A medida que escribía, iba diciendo el texto en voz alta, probablemente para comprobar si yo pretendía refutarlo. Era increíble. Todo lo que iba diciendo era rigurosamente cierto. Dos veces sarampión, una vez rubeola y otra escarlatina, difteria, tifus, de niño hizo mucha gimnasia, menos mal porque si no hoy tendría problemas respiratorios; varices prematuras, hernia inguinal reabsorbida, buena dentadura, etcétera. Hasta ese día no me había dado cuenta de que era poseedor de tantas taras juntas. Pero gracias a aquel tipo y sus consejos, de a poco fui mejorando. Lo malo vino después, con años y más años. Años. No hay naturista ni matasanos que te los quite. Ahora que debo quedarme todo el tiempo quieto y callado (quieto, por obligación; callado, por vocación), mi diversión es recorrer mi vida, buscar y rebuscar algún detalle que creía olvidado y sin embargo estaba oculto en algún recoveco de la memoria. Con mis ojos casi siempre llorosos (no de llanto sino de vejez) veo y recorro las palmas de mis manos. Ya no conservan el recuerdo táctil de las mujeres que acaricié, pero en la mente sí las tengo, puedo recorrer sus cuerpos como quien pasa una película y detener la cámara a mi gusto para fijarme en un cuello (¿será el de Ana?) que siempre me conmovió, en unos pechos (¿serán los de Luisa?) que durante un año entero me hicieron creer en Dios, en una cintura (¿será la de Carmen?) que reclamaba mis brazos que entonces eran fuertes, en cierto pubis de musgo rubio al que yo llamaba mi vellocino de oro (¿será el de Ema?) que aparecía tanto en mis ensueños (matorral de lujuria) como en mis pesadillas (suerte de Moloch que me tragaba para siempre). Es curioso, a menudo me acuerdo de partículas de cuerpo y no de los rostros o los nombres. Sin embargo, otras veces recuerdo un nombre y no tengo idea de a qué cuerpo correspondía. ¿Dónde estarán esas mujeres? ¿Seguirán vivas? ¿Las llamarán abuelas, sólo abuelas, y no habrá nadie que las llame por sus nombres? La vejez nos sumerge en una suerte de anonimato. En España dicen, o decían, los diarios: murió un anciano de sesenta años. Los cretinos. ¿Qué categoría reservan entonces para nosotros, octogenarios pecadores? ¿Escombros? ¿Ruinas? ¿Esperpentos? Cuando yo tenía sesenta era cualquier cosa menos un anciano. En la playa jugaba a la paleta con los amigos de mis hijos y les ganaba cómodamente. En la cama, si la interlocutora cumplía dignamente su parte en el diálogo corporal, yo cumplía cabalmente con la mía. En el trabajo no diré que era el primero pero sí que integraba el pelotón. Supe divertirme, eso sí, sin agraviar a Teresa. He ahí un nombre que recuerdo junto a su cuerpo. Claro que es el de mi mujer. Estuvimos tantas veces juntos, en el dolor pero sobre todo en el placer. Ella, mientras pudo, supo cómo hacerlo. Puede ser que se imaginara que yo tenía mis cosas por ahí, pero jamás me hizo una escena de celos, esas porquerías que corroen la convivencia. Como contrapartida, cuidé siempre de no agraviarla, de no avergonzarla, de no dejarla en ridículo (primera obligación de un buen marido), porque eso sí es algo que no se perdona. La quise bien, claro que con un amor distinto. Era de alguna manera mi complemento, y también el colchón de mis broncas. Suficiente. Le hice tres varones y una hembra. Suficiente. El ataque de asma que se la llevó fue el prólogo de mi infarto. Sesenta y ocho tenía, y yo setenta. O sea que hace catorce años. No son tantos. Ahí empezó mi marea baja. Y sigue. ¿Con quién voy a hablar? Me consta que para mi hija y para mi yerno soy un peso muerto. No diré que no me quieren, pero tal vez sea de la manera como se puede querer a un mueble de anticuario o a un reloj de cuco o (en estos tiempos) a un horno de microondas. No digo que eso sea injusto. Sólo quiero que me dejen pensar. Viene mi hija por la mañana temprano y no me dice qué tal papá sino qué tal abuelo, como si no proviniera de mi prehistórico espermatozoide. Viene mi yerno al mediodía y dice qué tal abuelo. En él no es una errata sino una muestra de afecto, que aprecio como corresponde, ya que él procede de otro espermatozoide, italiano tal vez puesto que se llama Aldo Cagnoli. Qué bien, me acordé del nombre completo. A una y a otro les respondo siempre con una sonrisa, un cabeceo conformista y una mirada, lacrimosa como de costumbre, pero inteligente. Esto me lo estoy diciendo a mí mismo, de modo que no es vanidad ni presunción ni coquetería senil, algo que hoy se lleva mucho. Digo inteligente, sencillamente porque es así. También tengo la impresión de que ellos agradecen al Señor que yo no pueda hablar (eso se creen). Imagino que se imaginan: cuánta cháchara de viejo nos estamos ahorrando. Y sin embargo, bien que se lo pierden. Porque sé que podría narrarles cosas interesantes, recuerdos que son historia. Qué saben ellos de las dos guerras mundiales, de los primeros Ford a bigote, de los olímpicos de Colombes, de la muerte de Batlle y Ordóñez, de la despedida a Rodó cuando se fue a Italia, de los festejos cuando el Centenario. Como esto lo converso sólo conmigo, no tengo por qué respetar el orden cronológico, menos mal. Qué saben, ¿eh? Sólo una noticia, o una nota al pie de página, o una mención en la perorata de un político. Nada más. Pero el ambiente, la gente en las calles, la tristeza o el regocijo en los rostros, el sol o la lluvia sobre las multitudes, el techo de paraguas en la Plaza Cagancha cuando Uruguay le ganó tres a dos a Italia en las semifinales de Amsterdam y el relato del partido no venía como ahora por satélite sino por telegramas (Carga uruguaya; Italia cede córner; los italianos presionan sobre la valla defendida por Mazali; Scarone tira desviado, etc.). Nada saben y se lo pierden. Cuando mi hija viene y me dice qué tal abuelo, yo debería decirle te acordarás de cuando venías a llorar en mis rodillas porque el hijo del vecino te había dicho che negrita y vos creías que era un insulto ya que te sabías blanca, y yo te explicaba que el hijo del vecino te decía eso sólo porque tenías el pelo oscuro, pero que además, de haber sido negrita, eso no habría significado nada vergonzoso porque los negros, salvo en su piel, son iguales a nosotros y pueden ser tan buenos o tan malos como los blanquísimos. Y vos dejabas de llorar en mis rodillas (los pantalones quedaban mojados, pero yo te decía no te preocupes, m'hijita, las lágrimas no manchan) y salías de nuevo a jugar con los otros niños y al hijo del vecino lo sumías en un desconcierto vitalicio cuando le decías, con todo el desprecio de tus siete años: che blanquito. Podría recordarte eso, pero para qué. Tal vez dirías, ay abuelo, con qué pavadas me venís ahora. A lo mejor no lo decías, pero no quiero arriesgarme a ese bochorno. No son pavadas, Teresita (te llamas como tu madre, se ve que la imaginación no nos sobraba), yo te enseñé algunas cosas y tu madre también. Pero por qué cuando hablás de ella decís, entonces vivía mamá, y a mí en cambio me preguntás qué tal, abuelo. A lo mejor, si me hubiera muerto antes que ella, hoy dirías, cuando vivía papá. La cosa es que, para bien o para mal, papá vive, no habla pero piensa, no habla pero siente.

El único que con todo derecho me dice abuelo es, por supuesto, mi nieto, que se llama Octavio como yo (al parecer, tampoco a mi hija y a mi yerno les sobraba la imaginación). Ahí está la clave. Cuando le digo Octavio. Le digo. Porque con mi nieto es con el único ser humano con el que hablo, además de conmigo mismo, claro. Esto empezó hace un año, cuando Octavio tenía siete. Una vez yo estaba con los ojos cerrados y, creyéndome solo, dije en voz no muy alta pero audible, carajo, me duele el riñón. Pero no estaba solo. Sin que yo lo advirtiera había entrado mi nieto. Pero abuelo, estás hablando, dijo con un asombro alegre que me conmovió. Le pregunté si había alguien en la casa y como dijo que no, que no había nadie, le propuse un convenio. Por un lado él mantenía el secreto de que yo podía hablar, y por otro, yo le contaría cuentos que nadie sabía. Está bien, dijo, pero tenemos que sellarlo con sangre. Salió y volvió casi enseguida con una hoja de afeitar, un frasco de alcohol y un paquete de algodón. Se las arregla muy bien y además conoce esos trámites desde que le dieron toda una serie de inyecciones con una vacuna contra la alergia. Con toda tranquilidad me hizo un tajito minúsculo y él se hizo otro, ambos en las muñecas, suficientes como para que salieran unas gotas de sangre, luego juntamos nuestras heridas mínimas y nos abrazamos. Octavio humedeció el algodón con un poco de alcohol, lo apoyó en ambas señales secretas hasta que no salió más sangre y salió corriendo a dejar todo su instrumental en el botiquín. Desde entonces, y siempre que quedamos solos en la casa, algo que ocurre con frecuencia, él viene a que, en cumplimiento del pacto, le cuente cuentos desconocidos, inéditos. Cuando salen mi hija y mi yerno, le dicen a ver si cuidás al abuelo, y él responde que sí, con un gestito de fastidio para disimular, pero enseguida me hace un guiño cómplice, y no bien se escucha el portazo que garantiza nuestra intimidad, trae una silla, la coloca junto a mi mecedora o a mi cama y se queda a la espera de mis cuentos, que, como exigencia irrenunciable de nuestro pacto de sangre, deben ser totalmente nuevos. Y ahí viene mi problema, porque buena parte del día me la paso con los ojos cerrados, como si durmiera, pero en realidad pergeñando el próximo cuento y cuidando hasta los mínimos detalles, ya que si en un cuento anterior el zorro se había lastimado una pata en una trampa y ahora anda corriendo en busca de gallinas, Octavio de inmediato me hace notar que aún no tuvo tiempo de curarse y entonces debo improvisar una fe de erratas oral y donde dije corre debe decir renquea. Y si el viejo brujo de la montaña se había quedado calvo por el esfuerzo de azotar diariamente a los gnomos del bosque y en un cuento posterior se peinaba mirándose en la laguna, Octavio enseguida observa, pero cómo, ¿no era calvo? Y ahí puedo salir un poco mejor del atolladero, ya que el brujo, por el mero hecho de ser brujo, puede, mediante un ensalmo, recuperar el pelo. Y el nieto pregunta si se da el caso que él quede pelado, también podrá recuperar el pelo. Vos no, lo desengaño, porque no sos ni serás brujo. Y él dice que lástima y tiene un poco de razón, porque si yo hubiera sido brujo también me habría hecho crecer el pelo que perdí sin remedio antes de los cincuenta. No soy yo el único que narra, también él me cuenta lo que ocurre en el colegio, en la calle, en la televisión, en el estadio. Es hincha de Danubio y se asombra de que yo sea de Wanderers. Trato de hacer proselitismo, pero evidentemente no hay nadie capaz de convertirlo en tránsfuga. Entonces le cuento viejos partidos o jugadas célebres, como cuando Piendibeni le hizo el célebre gol al divino Zamora, o cuando el manco Castro usaba con alevosía su muñón en el área penal, o cuando el flaco García mantuvo invicta su valla (claro que los backs eran nada menos que Nazassi y Domingos da Guía) durante una rueda y media, o cuando Ghiggia hizo el gol de la victoria en Maracaná, o cuando o cuando o cuando, y él me escucha como a un oráculo y yo pienso qué suerte que todavía puedo hablar para crear este asombro suyo y este placer mío.

La verdad es que no recuerdo cómo eran mis hijos cuando tenían la edad que hoy tiene Octavio. El mayor murió. ¿Cuánto hace que murió Simón? Fue después de lo de Teresa. Al fin y al cabo ¿qué importa la fecha? Murió y se acabó. No tuvo hijos, creo, ¿o los habré olvidado? Nunca estoy seguro de mis lagunas, que a veces son océanos. El segundo, Braulio, sí los tuvo, pero todos están en Denver, ¿qué habrá ido a hacer allí? La verdad es que no recuerdo. A veces manda fotos, tomadas con su encantadora Polaroid, o alguna postal, con un abrazo para el Viejo. Soy yo. Él no me dice abuelo, me dice Viejo. Me cago en la diferencia. Reconozco que una vez me mandó una radio a transistores. Todavía la tengo y a veces la oigo. Pero a menudo se queda sin pilas y tendría que pedirlas. Pero no pido nada. Nunca pido nada. Reconozco que soy un orgulloso de mierda, pero a esta altura no voy a reeducarme, ¿no es cierto? Total, el que me jodo soy yo, porque si la radio tuviera siempre pilas, podría escuchar alguno que otro partido, no muchos porque los locutores en general me cansan con su entusiasmo fingido y sus fallas de sintaxis. También podría escuchar el Sodre cuando pasan música clásica, que es la única que digiero. La alegría que tuve aquella tarde en que pude escuchar el Septimino. Lo tenía en disco, hace tiempo, vaya a saber dónde está. Quizá lo de las pilas podría solucionarse, sin mengua de mi podrido orgullo, diciéndoselo a mi nieto, para que éste, en cumplimiento de nuestro pacto de sangre y guardando siempre nuestro secreto, le dijera a mi hija, mirá la radio del abuelo, está sin pilas, y entonces lo mandaran a la ferretería de la esquina para que me las trajera. Con eso alcanza. Yo las sé colocar, aunque a veces las pongo al revés y la radio no funciona. En alguna ocasión me ha llevado un buen cuarto de hora hallar la posición adecuada para las cuatro de 1,5 voltios, pero igual me sirve para entretenerme un poco. ¿Qué más puedo hacer? Leer, ya no puedo. Televisión, tampoco. Pero escuchar la radio o cambiarle las pilas, sí. Mi tercer hijo se llama Diego y está en Europa, enseña en Zurich, me parece, sabe alemán y todo. Tiene dos hijas que también saben alemán, pero en cambio no saben español. Qué cagada, ¿verdad? Diego es menos escribidor que Braulio, y eso que su especialidad es la literatura, pero, naturalmente, la literatura suiza. Para las navidades manda también su tarjeta, en la que las niñas ponen sus saludos pero en alemán. Yo no sé alemán, apenas un poco de inglés para defenderme en correspondencia comercial, de la que yo mismo me encargaba cuando era gerente de La Mercantil del Sur, Importaciones y Exportaciones. Digamos, frasecitas como *I acknowledge receipt of your kind letter,* o *Very truly yours,* lo suficiente para que los de allá puedan contestar *Dear sirs,* o *Gentlemen.* También ese hijo menor a veces me manda algún regalito, verbigracia un llavero suizo de oro 18 quilates. En esa ocasión sonreí, como diciendo qué lindo, pero en realidad pensando qué boludo, para qué quiero yo un llavero de oro 18, si estoy aquí semipostrado.

De modo que mis contactos con el mundo se reducen a mi hija, cuando entra y me dice qué tal abuelo, a mi yerno cuando ídem, de vez en cuando al médico, al enfermero cuando viene a lavar mis pelotas ya jubiladas, y también el resto de este cuerpo del delito. Bueno, y sobre todo, está mi nieto, que creo es lo único que me mantiene vivo. Es decir, me mantenía. Porque ayer por la mañana vino y me besó y me dijo abuelo, me voy por quince días a Denver con el tío Braulio, ya que saqué buenas notas y me gané estas vacaciones. Yo no podía hablar (y no sé si hubiera podido, porque tenía un nudo en la garganta) ya que también estaban en la habitación mi hija y mi yerno y ni yo ni mi nieto íbamos a violar nuestro pacto de sangre. Así que le devolví el beso, le apreté la mano, puse un instante mi muñeca junto a la suya como testimonio de lo que ambos sabíamos, y sé que él entendió perfectamente cuánto lo iba a extrañar ya que no iba a tener a quien contarle cuentos inéditos. Y se fueron. Pero tres o cuatro horas más tarde volvió a entrar Aldo, sólo Aldo, y me dijo mire, abuelo, que Octavio no se fue por quince días sino por un año y tal vez más, queremos que se eduque en los Estados Unidos, así aprende desde niño el idioma y tendrá una formación que va a servirle de mucho. Él no se lo dijo porque tampoco lo sabía. No queríamos que empezara a llorar, porque él lo quiere mucho, abuelo, siempre me lo dice, y yo sé que usted también lo quiere, ¿no es así? Se lo vamos a decir por carta, aunque mi cuñado lo va a ir preparando. Ah, y otra cosa. Cuando ya se había despedido de nosotros, volvió atrás y me dijo, dale un beso al abuelo y que sepa que estoy cumpliendo nuestro pacto. Y salió corriendo. ¿Qué pacto es ése, abuelo? Cerré los ojos por pudor, aunque como siempre lagrimeo, nadie sabe nunca cuándo son lágrimas de veras, e hice un gesto con la mano como diciendo: cosas de niños. Él se quedó tranquilo y me abandonó, me dejó a solas con mi abandono, porque ahora sí que no tengo a nadie, y tampoco a nadie con quien hablar. Me tomó de sorpresa todo esto. Pero quizá sea lo mejor. Porque ahora sí tengo ganas de morir. Como corresponde a un despojo de ochenta y cuatro años. A mi edad no es bueno tener ganas de vivir, porque la muerte viene de todos modos y a uno lo toma de sorpresa. A mí no.

Ahora tengo ganas de irme, llevándome todo ese mundo que tengo en mi cabeza y los diez o doce cuentos que ya tenía preparados para Octavio, mi nieto. No voy a suicidarme (¿con qué?), pero no hay nada más seguro que querer morir. Eso siempre lo supe. Uno muere cuando realmente quiere morir. Será mañana o pasado. No mucho más. Nadie lo sabrá. Ni el médico (¿acaso se dio cuenta alguna vez de que yo podía hablar?) ni el enfermero ni Teresita ni Aldo. Sólo se darán cuenta cuando falten cinco minutos. A lo mejor Teresita dice entonces papá, pero ya será tarde. Y yo en cambio no diré chau, apenas adiosito con la última mirada. No diré ni chau, para que alguna vez se entere Octavio, mi nieto, de que ni siquiera en ese instante peliagudo violé nuestro pacto de sangre. Y me iré con mis cuentos a otra parte. O a ninguna.

Otros títulos de la colección

El secreto del faraón
V. Vanoyeke

Marcas de fuego
Sara Paretsky

Pastoral americana
Philip Roth

Quentin Tarantino
Wensley Clarkson

La cacería
A. Paternaín

Diarios de las estrellas I. Viajes
Stanislaw Lem

Cachito
Arturo Pérez-Reverte

El rabino
Noah Gordon

Negra espalda del tiempo
Javier Marías